一日署長

大倉崇裕
TAKAHIRO OKURA

光文社

一日署長

目次　Contents

装幀　bookwall
装画　カシワイ

一九八五

一

「君がボクの後任かぁ。ま、後は、よろしく頼むよ」

差しだされた右手に、五十嵐《いがらし》いずみはすぐに応えることができなかった。

右手の主、西脇敬三《にしわきけいぞう》はそんないずみの態度を気にした様子もなく、ワンテンポ遅れてだされた手を軽く握る。

「コマンドーだね」

以前から、時々、言われることだった。特に年配の男性に多い。意味がよく判《わか》らず、「はあ」と無難に相づちを打つのが習慣となっていた。

切りそろえられた髪は見事な銀髪で、深い皺《しわ》が刻まれた顔は、六十という年齢にしては老けている方だろう。背は一七〇ギリギリ、細身で警察官としては華奢《きやしや》であり、長年の事務仕事ゆえか、かなりの猫背である。階級は巡査部長。影が薄く地味で、警察官として大した手柄を立てるでもなく、昇任試験を受けるでもなく、ただ年を重ね、定年を迎えた。

いったい、この人の人生って何なんだろう――。

「元看護師なんだって?」

西脇は、質問を続けてくる。

「高校卒業から三年間看護学校に通い、その後二年間、看護師をしておりました」

「それがどうして、警察官に？」

「思うところがありまして」

自分の過去を話す価値など、ないように思えた。

「そっか」

西脇は垂れ気味の目を細め、穏やかに笑った。良い人なのだろう。怒鳴ったり、意地悪をしたり、そんなこととはまったく無縁に思える。一緒にいても気疲れせず、いつのまにか肩の力が抜け、何でも話せそうな気持ちになってくる。

だが警察官として見れば、頼りなく、覇気がなく、決断力も鈍そうだ。同僚としても上司としても、願い下げな人物であった。

挨拶を交わしてから十五分、西脇の印象は最低ランクのEに落ち着いた。

その事実が、いずみをますます落ちこませる。Eランクの人物が就いていた部署の後任に、自分が推挙されたのであるから。

上層部にとって、自分は西脇と同じEランクなのだ。

五年の回り道というハンデはあったが、警察学校は首席卒業だった。卒配後の現場実習もそつなくこなしたと思う。それなのに、どうして？　地域課でも、交通課でもなく、警視庁本部庁舎地下三階にある史料編纂室が配属先なの？

ふと気がつくと、西脇が遠慮がちな視線を向けていた。心の内を見透かされたようで、いずみはぐっと背筋を伸ばし、顎を引く。西脇は取り繕うかのように、空々しい笑みを浮かべた。

「まあ、そんなに尖《とが》らないで。仕事そのものは、難しいものじゃない。捜査資料の電子化。それが現在、史料編纂室の主要業務だ。昔は、新聞のスクラップやら、警視総監訓示の速記やら、いろいろやることがあったみたいなんだけれど、今はほとんど広報に取られてしまってね。残ったのがこれだ」

西脇は薄暗い室内を指さした。埃《ほこり》っぽく薄暗い部屋には、段ボール箱の山が連なっていた。あまりに雑然としていて、壁が見えないため、部屋の大きさすらもはっきりと把握できないほどだ。入口ドアの正面に、箱と箱の隙間が作られ、そこがちょうど、奥へと通じる一本道となっていた。そして、その突き当たりにあるものは、一台の古びたパソコンだ。

ブラウン管のモニター、ひと抱えはあろうかという本体。小学生のころ、職員室の片隅に置かれていたのを見た記憶がある。

西脇は意味ありげに笑いながら言った。

「心配しなくても大丈夫。見た目は古いけれど、中身は最新だから」

「はぁ？」

「ボクの趣味でね。とにかく、パソコンはこいつでなくちゃ、ダメなんだ」

「こいつ……？」

「ポルタっていうんだ」

「は？」

「パソコンの名前だよ」

「名前……があるんですか」

「そう。かわいいだろう？」

「よく判《わか》りませんが、どうして、ポルタなんです？」

「触っていないと、きっかり十五分でスリープモードになる。だけど、古いもんだからさ、時々、何もしていなくても立ち上がるんだよ。画面が白く光ってさ。五十嵐さん、見たことない？　『ポルターガイスト』って映画」

「ありませんが」

「怖い映画でさ。重要な小道具がテレビなんだよ。ポスター見たことないかなぁ。女の子が白く光るテレビ画面に向かって、両手を伸ばしている」

「ありません」

「そっかぁ。世代が違うからなぁ。とにかく、そのポスターに描かれたテレビ画面みたいな光り方をするんだよ」

その言葉が終わらないうちに、コンピューターが突然、覚醒した。シュィイィンという奇妙な音をたて、画面が白く光りだす。室内が薄暗いだけに、不気味この上ない。

「ほーら、これ。ポルターガイストっぽいでしょう。だから、ポルタ」

いずみの頭には、辞表の二文字が躍る。志を抱いて目指した道だが、ここは潔く断念すべきかもしれない。

「ポルタともお別れかあ。でもしょうがない。ボクではもう務まらなくなってきたからなぁ」

こちらの気持ちなど素知らぬ様子で、西脇は名残惜しそうにパソコンを見つめている。

ふと引っかかるものを覚え、いずみは西脇に問うた。

「この部署を離れられるのは、定年だからですよね？」

「まあ、表向きはね」

「それは、どういうことですか？　職務内容は捜査資料の内容をパソコンで……」

「ポルタ！」

「……ポルタに打ちこむことですよね。視力が衰えた様子も見えませんし、手指の動作に不調もなさそうです。務まらなくなったとは、どういうことでしょうか」

西脇は満足そうに微笑《ほほえ》む。

「いいねぇ。そういう気づきと閃《ひらめ》き。臆することなく問うてくる姿勢。ボクの目に狂いはなかったよ」

「申し訳ありませんが、おっしゃっている意味が判りません」

「ボクは三十年、一人で務め上げてきた。でももう年だ。気力がねぇ。正直、そろそろ休みたいんだよ」

「休みたい？　ここの仕事がそれほど激務だとも思えませんが」

「でも最近、警察の検挙率、落ちてきてるだろう？　そろそろ限界だと思ってさ」

話がまったく繋《つな》がらない。歯がゆさを押し殺し、いずみは言った。

「とにかく、引継書のようなものはないのでしょうか。資料を入力するだけと言われましても、もう少し詳細な……」

「引き継ぎというか、事前に詳細を語ることは禁じられているんだよ。だから申し訳ないが、これ以上、君の要望にはこたえられない」

史料編纂室のくせに大げさな。この男に対する期待、自分の将来への希望は、一切、捨てることとした。

いずみは早く一人になりたかった。一人ポルタの、いや、コンピューターの前に座り、今後の身の振り方を思案したかった。

西脇が真顔でこちらを見ていた。黒目が薄く、やや茶色味がかっている。まつげは思いのほか長く、眉毛はきちんと手入れされていた。いずみは目を外すことができなくなり、間近でじっと見つめ合う恰好《かっこう》となった。

「禁じられてはいるが、一言だけ、伝えておきたい」

西脇の声が遥《はる》か遠くに聞こえる。体がふわりと浮き上がったかのような感覚に包まれた。

「一日署長。よく覚えておくんだ。一・日・署・長。いいね」

我に返ったとき、西脇の姿は既になく、部屋にはいずみ一人だった。

目の前では、ポルタが怪しい白い光を放っていた。

二

資料の山はどこからともなくもたらされ、いくら入力しても、減る様子がない。

着任して三日目には、手首の痛みを覚えるようになってきた。

これって退職勧告の一形態なのでは？

手首をさすりながら、いずみは思う。まったく仕事をさせない、あるいは延々と単純作業を強《し》いる部署を作り、そこに退職させたい職員を異動させる。日々の精神的苦痛に耐えかね、自ら辞めていくのを待つわけだ。無論、違法である。

いや、いくら警察腐敗が言われる世の中とはいえ、そこまではしないだろう。

ではなぜ、自分は一人、こんな部屋でこんなことをしているのだろう。

勤務時間中、この部屋には誰一人やって来ない。電子化する書類の優先順位などの指示もいっさいない。ただ、デスクの周りに書類を入れた段ボール箱が積まれており、それを上から順に入力していくだけだ。

書類は事件ごとにファイルされていたが、発生年代、発生場所もまちまちで、解決、未解決の区別もされていなかった。

今日一番に入力したのは、一九八二年に墨田《すみだ》区で起きた強盗殺人事件。北両国《きたりょうごく》署に捜査本部が置かれ、発生から三日後に犯人三人が全員逮捕されている。次に入力したのは、二〇一〇年、世田谷《せたがや》区で起きた連続窃盗事件。こちらも二日後、警察官による職務質問が発端となり、犯人が逮捕されている。そして次は一九七二年の誘拐未遂事件……といった具合だ。

入力しても一向に書類の山が減らないため、達成感に乏しく、精神的には極めて辛《つら》い。ただ、入力のため捜査資料などを精読することとなり、大いに勉強となるのは事実だった。いずみはもともと記憶力には自信がある。警察学校卒業生総代の地位を勝ち取れたのも、その特技のためだ。三日で読み通した捜査資料は既に十数件を超える。そこから得られた捜査のノウハウは、現場実習八ヶ月を優に超えるほどだった。

でも……。

ポルタのキーを打とうとした指が、自然に止まる。

どれだけの知識を身につけても、それを活かす術《すべ》はもうないのよねぇ。

前任の西脇はいったい、どういう思いでこの作業を行っていたのだろう。それも、警察官人生の大半である三十年もだ。

自分にはそんなに長く耐えられそうもない。配属早々、こんなところに押しこめられるなんて、自分はいったいどんな失敗をしたのだろう。

考えても考えても、答えはでなかった。

さすがに一週間、二週間で音を上げるのは癪《しゃく》だ。せめて一ヶ月、持ちこたえてみせる。その上で、決断を下そう。

涙が浮かびそうになるのをこらえ、いずみは次なる資料を取りだした。

足立《あだち》区主婦撲殺事件とあった。発生日時は一九八五年六月三日。

自分が生まれる遥か前の事件。当時はまだ携帯電話が珍しく、インターネットも普及していなかったらしい。それでもバブル前夜の好景気を人々は謳歌《おうか》し、物質的には信じられないほどに豊かで、皆、将来に明るい希望を抱いていた……。

言葉で説明されても、いずみにはまったくピンとこない。

「体験してみないと、判らないよね」

独り言を言いながら、スリープ状態であったポルタを立ち上げる。シュイィィインといういつもの不気味な音と共に、画面が白く光る。その後、専用の書類入力画面へと切り替わった。

ポルタは西脇の言っていた通り、見た目は古いが中身は最新式、入力作業も実にやりやすかった。

西脇が細かい部分に至るまで、カスタマイズしてくれていたようだ。

「長いつき合いにはなりそうもないけど、よろしくね、ポルタ」

この部署に来てから、独り言が増えた。それもそのはず、仕事中は常に一人、自宅に戻っても一人。会話をする相手がいない。

「やっぱり、このままじゃ、まずいよね」

とまた独り言。はっとして口を押さえる自分が、さらに嫌になる。

自分で思っている以上に、堪えているのかもしれない。いずみはモヤモヤを吹き飛ばすべく、入力に集中した。

事件が起きたのは、足立区西新井《にしあらい》八丁目の住宅地で、管轄である足立新井署に捜査本部が設けられている。

六月三日の午後八時三分、路地で人が倒れているとの通報があり、臨場した警官が頭から血を流し、意識不明の外塚恵理《とつかえり》、三十五歳を発見した。彼女はすぐに病院へと搬送されたが、到着時点で既に死亡していた。

財布などが無事であったこと、鉄パイプと思われる凶器で加えられた打撃が数度にわたっていることなどから、強盗の線は薄く、怨恨等による犯行の疑いが濃い。

こうした場合、まず疑うのは、被害者の夫である。しかし、夫・外塚真樹也《まきや》、三十八歳は、妻の死を知らされるなり錯乱状態となり転倒、頭部を強打し、意識をなくしたまま病院へと運ばれた。

真樹也の回復を待つ一方、周辺への聞きこみも行われたが、夫婦仲は円満、保険金等、動機となり得べきものも皆無、と真樹也の犯行を示唆するものはまったく上がってこなかった。捜査が停滞する中、強盗殺人説に傾倒する刑事たちも現れ、捜査方針にぶれが生じる。

捜査開始から三日後、外塚真樹也の意識が回復。事情を聞こうとするが、彼は病院の窓から転落、死亡してしまう。

飛び降りの瞬間を目撃していた看護師によれば、彼は「見えなかったんだ」と連呼し、窓枠を乗り越えたと言う。

言葉の意味は不明だが、状況から見て錯乱の末の自殺に間違いはなく、刑事たちの多くは、真樹也が妻を殺害し、悔悟の念から自殺したと考えた。

しかし、動機についてはついに明らかとならず、真樹也犯人説を裏付ける証拠も見つからず、一方で強盗殺人説を裏付ける物証もなく、捜査は犯人未検挙のまま時効を迎えた。

未解決事件の入力はやりきれなさを伴うが、同時に野次馬的好奇心をくすぐられもする。入力の手を止め、報告書などを読み返し、自分ならどう捜査方針をたてるだろうかと、あれこれ夢想するのが、いずみの数少ない楽しみの一つとなっていた。不謹慎であることは承知の上。その後ろめたさがまた、どす黒い刺激にもなっている。

もっとも、迷宮入り事件を一転解決に導くような閃きなどが突然下りてくるわけもない。結局モヤモヤと、報告書を閉じるのが常であった。

しかし今回の事件に関しては、少々違っていた。西新井八丁目という場所、刑事に聴取を受けた人物の名前などに、覚えがあったのだ。いずみは、過去に入力した案件を思い返す。一つ一つ、記憶を朧《おぼろ》にしている霧を取り払っていく——。

「あれだ！」

入力画面をいったん閉じ、データ化した資料に検索をかける。目的のものはすぐに出てきた。

一九八七年一月に起きた火災事案だ。西新井八丁目、出火場所は外塚宅があった隣、斎藤健二《さいとうけんじ》、茜《あかね》夫妻宅。深夜に出火し近隣十軒に延焼、死者十人の惨事となった。出火原因は放火で、死者の中には子供も含まれている。

外塚恵理殺害の一年半後に隣家で放火。これは偶然だろうか。

ギギッと耳障りな金属音がした。唯一の出入口であるドアが開いたのだ。

思わず身構えて、資料の山の向こうに見え隠れする訪問者に目をこらす。

「やってるかい？」

顔をだしたのは、西脇だった。

「ちょっと気になってね。陣中見舞いだ」

手渡された袋の中身は、大きな豆大福だった。

ペットボトルのお茶を飲みながら、豆大福の柔らかな甘みを堪能する。大福は二つあったが、西脇自身は食べる気がないらしい。電子タバコをくわえ、不味《まず》そうに顔を顰《しか》めながら、吸っている。

「斎藤宅の放火か……。そんなファイルを呼びだして、何してるんだい?」

こちらが大福に夢中になっている間に、しっかり、ポルタの画面を確認していたようだ。得体の知れない人物だが、前任者に隠し事をする必要もあるまい。いずみは、外塚恵理殺害事件と放火について語った。

「ただの偶然でしょうか」

「それは判らないが、斎藤宅の放火事案については、真相解明がなされている。外塚事件との繋がりがあれば、とっくに判明しているはずだ」

西脇は顔を顰める。今度は電子タバコのせいではなさそうだった。

「しかし、嫌な事件だったなぁ。あの放火は」

「犯人は井内和弘《いうちかずひろ》、四十一歳。娘を斎藤夫妻に売り飛ばされたのが動機だと資料にはありました」

「井内氏の娘さんは、当時の家出少女だった。一人で東京に出てきて、渋谷《しぶや》あたりで寝泊まりする。今と違って、携帯やネットもお粗末なものだったから、簡単に足取りを追うこともできなかった。娘さんは一時行方不明となり、見つかったときには薬漬けにされ、風俗で働いていた。酷《ひど》い状態だったらしい」

「斎藤夫妻は、暴力団組織と繋がりがあり、家出少女を物色、自宅に連れ帰っていたと資料にはありますが」

「仲介業者のような役割だったらしい。自宅には地下室があり、そこに何人もの少女が監禁されていたんだ。胸の悪くなる話さ」

「井内氏が斎藤夫妻の在宅中を狙って、家に侵入。ガソリンをまき、自ら火をつけた。井内氏と斎藤健二は死亡。妻の茜は行方不明とありますが、これはどういうことなんですか？」

「実は茜こそが、ボスだったという噂《うわさ》がある。火災現場から逃走し、海外に逃げたなんて話もな。ブラジルで、今も羽振り良く暮らしているとか、ドバイで石油王と結婚し大金持ちになってるとか、おとぎ話の主人公みたいに、あれこれ言われているよ」

「そんな……」

「斎藤茜は自分の見た目を自在に変化させ、捜査陣の目をすり抜けていたらしい。バーのママであったり、事務員であったり、髪型から服装、化粧までがらりと変えて変装する」

「そんなことが可能なんですか？」

「身近にいる者の中から、モデルを選ぶらしい。そのモデルの服や化粧などを真似《まね》、新しい見た目を獲得していくんだな。それだけの技量としたたかさを持ち合わせているんだ。ドバイの話も、まんざら絵空事では片付けられないのかもしれない」

「ですが、これだけの事をした人間が、罰も受けず、悠々と暮らしているだなんて」

「巻き添えを食らって亡くなった人たちも浮かばれないよな。三歳の幼児と母親が抱き合うようにして亡くなっていたと鑑識の人間から聞いたよ」

「その写真……見ました……」

「データ入力だけとはいえ、辛いよな」

「ちょっと考えてみたんですけれど、やっぱりこの二つの事件、何か繫がりがあるのではないでしょうか」

その瞬間、西脇の顔に微《かす》かな笑みが浮かんで消えた。

「五十嵐巡査、君の仕事は資料の入力だ。余計なことを考えている暇はない」

これまでとは打って変わった杓子《しやくし》定規なもの言いに、思わず鼻白む。

「そんなことは判っています。ですが、外塚さんの事件は、もう誰も顧みない、迷宮入りの事件です。もし新たな手がかりがあるのなら……」

「悪いが、ボクはここらで失礼するよ」

西脇は腰を上げる。

「待って下さい。話はまだ終わってはいません」

「前任者として、業務に差し障りが出るようなことに協力はできない。君はここにある資料を片っ端から入力していけばいいんだ。ボクが三十年、やって来たように」

抑えていた感情が爆発した。

「私にはそんな機械みたいな仕事、できません。毎日毎日、たった一人で、こんな薄暗い部屋にこもって、文字をパチパチ入力するだけなんて、こんなの……こんなの……」

言葉が続かず、怒りと絶望で胸が潰れそうだった。

「わ、私、もうこの仕事、辞めます」

そんないずみの前で、西脇は満足そうに笑っていた。

「何がおかしいんです！　私は真面目に話しているんです!!」

「いや、失敬、失敬。ボクの目にやはり狂いはなかったようだ。君は合格だ」

「は？」

「ボクの後任としてだよ。これでボクは、心置きなく去ることができる。しばらく日本を離れようと思っているんだ。三十年間、働き詰めだったからね。人の三倍、いや、五倍、いや、十倍かな。大変な目にも遭《あ》ってきたからね」

西脇の言う意味がまるで判らない。

「では、さらば！」

耳を塞ぎたくなるような軋《きし》み音と共に、ドアが閉まり、西脇の姿は消えた。

残されたのは、いずみと静寂と豆大福一個だ。立ち上がる気力もなく、いずみは椅子の背にもたれかかる。なぜ自分だけがこんな目に遭わねばならないのか。答えを探す力も、もはや残されてはいなかった。

今日はもう帰ってしまおう。終業時間まではまだ間があるが、知ったことではない。どうせもう、辞めるのだ。

サイドデスクに開いていた資料のファイルを閉じ、段ボール箱に戻す。

そして、スリープ状態であったポルタを起こす。

「短い間だったけど、ありがとね」

マウスを操作し、ポルタのシステムを終了させる。

ポルタの画面が消えない。首を傾《かし》げつつ、再トライする。やはりダメだ。

メニューバーから「強制終了」を呼びだし、クリックしてみた。

やはり画面に変化はない。資料の入力フォームが表示されたままだ。

「まったく、何なのよ」

苛々《いらいら》が高じて、癇癪《かんしゃく》を起こした。立ち上がり、電源コードを手荒く引き抜いた。こんなことをすれば、もう二度と起動しなくなるかもしれない。苦労して作ったファイルだって壊れてしまうかも――。

そんなこと、もうどうだっていい。

晴れやかな気分で、いずみは引っこ抜いたコードをブンと振り回した。そして気がついた。ポルタの画面は消えていない。

「え?」

暗くなるはずの画面が真っ白く光っていた。その光は徐々に明るさを増している。

「え? え?」

強烈な光を浴び、思わず両腕で目を覆った。積み上げられた段ボール箱の影が、壁にくっきりと浮き上がっている。

シュィィィィンといつもの音が聞こえる。

ポルタの発する光が、いずみを包みこむ。もう、何も見えない。体が軽くなりクルクルと回る。方向も判らない。

シュィィィィィン。

自分はいったい何処《どこ》にいるのか、いまはいったい何時《いつ》なのか。

三

目に入ってきたのは、額装された厳《いか》めしい書体の墨書だった。

「聲《こえ》なきに聞き、形無きに見る」

日本警察の父と言われる川路《かわじ》大警視のお言葉だ。研修時代、大警視の言葉を集めた「警察手眼《しゅげん》」

は丸暗記できるほど精読させられた。

しかし、なぜそのお言葉が額装され、壁に飾られているのか。自分は史料編纂室でポルタの画面を前にしていたはずではなかったか。

貧相なパソコンデスクは消え去り、重厚なウォールナット製の高級机がいずみの前に鎮座している。椅子は革製で深く沈みこむ感覚が心地よい。床にはカーペット、左側には大きな窓があり、まぶしいくらいの日が入ってくる。

いずみは状況が理解できない。これは……。

立ち上がろうとして、うまく体が動かないことに気づく。膝に鋭い痛みが走り、腰回りが酷く重い。何より、体全体が重い。全身に肉襦袢《じゅばん》をまとっているかのようだ。

思わずデスクに両手をついた。手の甲には毛が生えていて、指は太くて短く、左手首には、何とも趣味の悪い金色の腕時計がまきついていた。

何よこれ。

顔を上げたところで、息が苦しい。口を開け、懸命に空気をとりこむ。口の中に煙臭い、粘り気をともなった苦みが広がる。

うぇぇ。何これ。

デスクに目を落とすと、四角い固定電話があり、その脇に灰皿があった。中には吸い殻が数本、黒い灰にまみれて押し潰されていた。

タバコ？　これってもしかして、ヤニ？

座りこみそうになりながらも、何とか体を支え、デスクの前に回る。

デスクの正面にあるドア。出入口はそこ一つだけらしい。いずみの目に留まったのは、ドア脇の壁に取りつけられた鏡だった。

恐怖にかられ、ゆっくりと部屋を横切る。

左側には、ついたてで仕切られた小ぶりの応接セットがあった。ガラスのテーブルを挟み、向かい合わせに置かれた二人がけのソファ。その脇には黒表紙の分厚い書籍を並べた棚がある。このような配置の部屋を、いずみは今までに何度か見た。

いずみのような新米は、滅多に入ることのできない場所。そこに呼ばれて入室するときは、最高の栄誉か、最悪の懲罰のどちらかが待っている。

鏡をのぞいた。深呼吸の一つもしたかったが、口で息をすると、咳《せ》きこむほどに息が臭く、到底、耐えられそうもなかった。

「うえ」

いずみは今度こそ、本当にしゃがみこんだ。吐きそうだった。カーペットに鼻先をつけ、胎児のように体を丸めて驚愕《きょうがく》と恐怖に耐える。

鏡に映っていたのは、見たこともない中年の男性だった。年は五十代後半。だらしなく垂れた顎の肉、へしゃげた鼻、黄色く汚れた歯、乾いてひび割れた唇、深く刻まれた醜い皺、淀《よど》んだ目——。

おっさん⁉

叫び声を上げそうになったが、もはや声すら出てきてくれなかった。

これは夢だ。夢に違いない。いや、夢でなくては困る。

汗ばんだ体に、ごわついたシャツがまとわりついている。腹回りが苦しいのは、サイズがあっていないせいだ。ネクタイが苦しく、硬い革靴のせいでかかとが痛い。何もかもが苦痛だった。

獣じみた体臭が不快で、さらに股間に感じる違和感は……。

ダメだ。おかしくなりそうだ。いや、とっくにおかしくなっているのか。

どうして……。

混乱の中、デスクのすぐ横の壁に貼られたカレンダーが目に入った。

『1985年6月6日』

この数字、何か見覚えが……。両手で頭をかかえ、髪をかきむしる。薄くなった頭髪は、脂のせいで妙に粘ついていた。爪に髪がひっかかり、数本がまとめて抜けた。

「あ……」

酷く申し訳ない気がして、爪にはさまった灰色の髪を見つめる。

一九八五年六月。乱れに乱れた思考の中に、その数字がすっと入ってきた。

心の波が凪《な》いでいく。

ゆっくりと顔を上げ、重々しいデスクの端に置かれた金色の札を見る。

署長。

自身の着ている制服の階級章を確認する。警視正だった。

デスクの縁に手をかけ、立ち上がる。相変わらず膝は痛く、腰が重い。

デスクに置かれた既決、未決とラベリングされた書類入れをのぞく。

未決の一番上は、交通課からの報告書だった。交通安全週間中の一斉取締結果だ。そこに書かれた警察署の名前は、足立新井警察署。

あり得ないことだと判りながらも、一つの仮説がいずみの頭に形作られていく。その核となっているのは、穏やかに笑う西脇の顔だ。

『ボクの目にやはり狂いはなかったようだ』

まさか、あの男……。

ドアが開いた。

「署長、失礼します！」

敬礼し背筋を伸ばした中年男が、いずみを、いや、足立新井警察署署長を見つめていた。

「そろそろ捜査会議のお時間で……」

男のトーンが徐々に落ちていく。

「署長、どうかなさいましたか？」

いずみは必死に頭を巡らせる。今のいずみより若干若いこの男は、おそらく、副署長だ。

「あ、いや、べつに何でもないです」

大いに乱れた髪を手のひらでなでつけながら、いずみは微笑んでみせた。

副署長の眉間に深い皺が刻まれる。

「あの、副署長さん」

「さん⁉」

「違う、副署長、実はゆうべ、飲み過ぎてね」

眉間の皺はますます深くなる。

「署長、例の一件以来、飲酒はなさらないでいただきたいとあれほど……」

例の一件って何？　もしかして、隠蔽された不祥事でもあったの？

「違う、違うんだ。飲み過ぎたのは……お茶。そう、親戚が送ってくれたのでね」

「ご親戚は、八丈島《はちじょうじま》にしかおられないと聞いておりますが」

「ああ……っと、八丈島、つまり明日葉《あしたば》だ。明日葉茶をもらって、飲み過ぎた。腹具合がよくなくてね」

「さきほどまで、そのような事は何もおっしゃっていませんでしたが」

「うるさーい！」

いずみは思わず声を上げていた。何もかもが一杯一杯で、感情のコントロールが利かなくなっている。

しかし、予想外の効果があった。副署長は腰を折り深々と頭《こうべ》を垂れた。

「申し訳ありません」

警察という階級社会。そう、署長は偉いのだ。いずみはようやく思い至った。頭を上げた副署長から目をそらし、平静を取り戻そうと努める。

「ああ、副署長、今日は何日だ」

「は？」

「きいたことにはすぐに答えなさい」

「六月の六日であります」

「捜査会議と言っていたが、それは、主婦撲殺事件の帳場だな」

「はい」

思った通りだ。自分は今、警察署長として外塚恵理殺害事件の捜査に当たっている……。

副署長が額に玉の汗を浮かべながら言った。

「署長、もうお時間が……管理官ほか既に集まっております」

「そ、そうか。じゃあ、行こうか」

副署長はドアの脇に下がり、署長を先にだそうとする。礼儀としては正しいが、いずみには捜査本部の場所が判らない。

「副署長、先に行ってくれ」

「は？」

「今日の星占い、蟹《かに》座の運勢が最悪でね」

「署長のお誕生日は五月だったかと」

「うるさいな。とにかく、自室から先に出るのはよくないと、朝の情報番組で言っていたんだ」

「は、はぁ……」

「だから、先に出てくれ」

得心のいかぬ表情を隠そうともせず、いずみを一瞥《いちべつ》した副署長は先に立って歩きだした。

部屋を出たとたん、むっとした湿気が押し寄せてきた。冷房設備などないらしく、廊下には六月のムシムシとした空気が沈殿している。

昭和の頃は電車でタバコが吸えたとか、消費税がなかったとか、そんなネット記事を読んだことがあった。

異世界――。

申し訳程度に開けられた窓からは、よく晴れた東京の空が見える。外からの空気は排ガスの臭いが濃いようで、車の騒音もいずみの時代に比べ酷いように思えた。

「いやあ、梅雨入りはまだ先のようで。今日は三十度を超えるとか言ってます」

副署長は恨めしそうに窓の外を仰ぎ見ると、階段を下り始める。

後に続こうとしたいずみだが、目眩《めまい》を覚えた。視野が定まらない。危うく段を踏み外しそうになり、慌てて手すりにしがみついた。

これって何？　もしかして老眼？　遠くは見えるが近くがかすむ――。

先に階段を下りきった副署長が、こちらを見上げていた。

「署長？」

「すまない。これも明日葉茶のせいで」

一段一段、慎重に下りる。

下りきって廊下に出ると、右手に両開きのドアがあった。その脇に大きく「西新井八丁目主婦撲殺事件捜査本部」と墨で書かれた紙がさがっている。

これが戒名ってヤツね。

ドアが開かれ、副署長が後ろを振り返る。署長を差し置いて先に入るわけにはいかない。懇願にも似た目で訴えかけられた。いずみはうなずくと、先に中へと歩を進める。鋭く厳しい視線にさらされた。部屋は思っていたほど広くはない。学校の教室よりやや大きい程度だろうか。三列に並んだ会議用テーブルに、肩が触れあう距離で、背広姿の男たちが座っている。部屋の正面には、彼らと向かい合う形で椅子、テーブルが置かれ、そこには既に細面の若い男、白髪頭の仏頂面をした中年男性が座っている。

若い方が管理官、中年の方は刑事課長だろう。その横に空席が二つ。副署長といずみ、つまり署長の席だ。

いずみは警察学校の講義を思い起こす。捜査本部長は本部の刑事部長、副本部長が所轄警察の署長と捜査一課長。捜査主任官には本部の管理官、副主任官は所轄刑事部長。

つまり自分は副本部長になるわけだ。本部の刑事部長や捜査一課長は複数の捜査を担当するので、常に捜査本部に詰め、指揮を執るのは管理官――いま、冷たい視線でいずみを睨《にら》んでいる男だ。

聞いた話だと、署長というのはあくまで頭数であり、すべて管理官に任せてただ座っていればいいらしい。

事件発生から三日目。既に何度か捜査会議はもたれているから、皆、挨拶は済んでいるはず。いずみはひとまず管理官たちに軽くうなずき、席に着いた。相手側に妙な反応はなかったので、遅刻した以外に粗相はなかったと思いたい。隣に座った副署長は、なおもちらちらとこちらをうかがっている。一連の不審行動の真意を測りかねているのだろう。

「なんだかよく判らないが、あなたの見ている署長の中身は二十代の女性なのだ」、と教えたところで、不審の念をより深めるだけだろう。下手《へた》をすると、病院の受診を勧められる。

いつの間にかマイクを手にした管理官が、皆に向かって話していた。

「……ではまず、各班の報告を聞こう」

右側最前列の刑事が手を挙げながら、立ち上がった。

「捜査一課、中井《なかい》です。通報者でもある殺害現場東側にある住居男性から、再度、話を聞きました。裏口の明かりは間違いなくつけていたとのことです」

「つまり現場は当初考えられていたほど、暗くはなかったということだな」

「はい。人相着衣程度であれば、十分に確認できると思われます」

いずみは彼らのやり取りを小耳に挟みながら、小さくため息をついた。どれだけがんばっても、この事件は解決しない。迷宮入りだ。歴史はそう決まっているのに。

左列にいた中年の刑事が手を挙げて立ち上がる。

「捜査一課浜口《はまぐち》です。それはつまり、怨恨説を強化するものと考えられます。強盗目的の犯人が、人通りが少ないとはいえ、わざわざ明るい場所で犯行に及ぶとは思えません」

中井刑事が即座に反論する。

「非力な女性であることを確認してから、襲ったのだろう」

「しかし、被害女性は買い物帰りの主婦です。多額の金品を所持しているようには見えなかったはず。強盗目的とはやはり考え難いのでは？　それよりも怨恨と考える方が話が通りやすい。犯人は明かりで被害者を確認し、犯行に及んだのだ」

「では、被害者に恨みを持つ者を連れて来ていただきたい」

「それは……」

「怨恨の線で行くのであれば、まず疑うべきは夫の外塚真樹也だ。しかし、判っている限りでは、夫婦仲は円満そのもの。生命保険などもなし。動機らしきものは皆無だ」

「夫とは限らないのではないか？　もう少し時間をかけて調べれば……」

「そんな悠長なことを言っていると……」

いずみが入力した資料通り、強盗か怨恨かで紛糾し、捜査方針が固まっていない。結果、本件は未解決となってしまうのだ。

その現場に、なぜか私がいる。いったいなぜ？　彼らの暑苦しい議論など、まるで頭に入ってこない。これからいったいどうなるのか。果たして、自分は元の世界に戻れるのか。戻れるとするなら、どうやって――？

「被害者の夫、外塚真樹也の容体は？」

管理官の声で我にかえる。真ん中の列にいる刑事が立ち上がる。

「捜査一課児玉《こだま》です。依然、意識不明の重体です」

「医師の所見は？　意識回復の見こみはあるのか？」

「命に別状はないとのことですが、意識回復の時期については、不明と」

「外塚宅の捜索は？」

左列後方の刑事が立ち上がる。

「捜査一課友成《ともなり》です。再度の捜索を行っておりますが、犯行に関係する物は、発見されておりません」

無駄だ。

外塚真樹也は本日深夜に意識を回復し、何も語らぬまま自ら命を絶つ。それによって、事件の迷宮入りは決定的なものとなる。

捜査会議など、いずみにとっては無為な時間だった。結果が見えているものをいくら議論しても意味はない。それよりも早く署長室に戻り、善後策を練りたかった。こんなあり得ない状況から、一刻も早く……。

無為な時間なのか？　本当に結果は見えているのか？　耳元で誰かがささやいた。

いずみは左右を見回す。副署長をはじめ、管理官たちが、こちらを見ていた。

幻聴？　いや、いま確かに……。

管理官がマイクを持ったまま、酷く険しい表情でいずみを睨む。

「署長、何か？」

「あ、いや、何でもない」

そのまま腕を組んで押し黙る。口は災いの元。言い訳を重ねれば、かえって不審を招く。

いずみの態度に、管理官は不満げな顔をしつつ、また正面の刑事たちに向き直った。

一方、いずみの足は微かに震えていた。

そうだ。無駄などではない。

自分は今夜、外塚真樹也が死ぬことを知っている。それを未然に防げるのではないか。

再び、西脇の顔が浮かんできた。

まさか――。

これは、自分に課せられた使命なのではないか。そんな思いが過《よぎ》る。突拍子もない考えだが、今現在の状況が既に突拍子もないものだ。

あの妙な史料編纂室。薄気味悪いパソコン。そして、三十年勤め上げ、退職する不思議な男。もし西脇が何度も過去に戻り、未解決で終わった事件に介入、解決へと導いていたとしたら――。

『最近、警察の検挙率、落ちてきてるだろう？　そろそろ限界だと思ってさ』

世界に誇る日本警察の検挙率。それを陰で支えていたのは、西脇だったのかもしれない。

まさか、そんなバカな。思わず言葉が口をついて出そうになった。動悸《どうき》が激しくなり、呼吸が乱れる。隣の副署長はいち早く気づき、そわそわと体を揺すっている。

テレビのSFドラマじゃあるまいし、そんなこと、起こるわけがない。

でも私は過去に戻ったうえ、見ず知らずのおっさんに憑依《ひょうい》して、ここにいる。署長として捜査会議にも臨んでいる。

一日署長！

西脇の残した言葉を思いだした。あれは、この現象へのヒントだったのではないか。署長に憑依して過去に戻る。そして、与えられた時間は一日。

気がつくと、いずみは立ち上がっていた。居並ぶ刑事たちが、呆気《あっけ》に取られた面持ちで、こちらを凝視している。

しまった――。

管理官がマイクのスイッチを切り、落ち着いた声できいてきた。

「署長、発言があるのであれば、私に一言いただけるとありがたいのですが」

慇懃《いんぎん》無礼な言葉と共に、氷のような視線を向けてくる。

「あ、ごめんなさい」

勢いよく座ろうとした拍子に、腰がグキリと痛んだ。

「あ痛！」

副署長が素早く両肩を抱きかかえてくれた。

「署長、大丈夫ですか？」

転倒を防げたのはありがたいが、脂ぎった顔が間近にあり、中年男性特有の体臭が、鼻の中に満ちる。

今度は吐き気を覚え、いずみは副署長を突き飛ばす。

「近い！　近い！」

「はぁ⁉」

会場がざわついていた。

席につき、大きく息をする。先《さつき》まで言い争っていた刑事たちも、揃《そろ》っていずみに不審の眼差《まなざ》しを向けていた。

管理官がマイクのスイッチを入れ、言った。

「署長、もしお加減が悪いようでしたら、一度、ご退室いただいても……」

「いや、大丈夫です」

いずみは言った。なるべく重々しく、地位ある人物の言葉らしく聞こえるよう、想像を巡らせる。

「そこのあなた……いや、君」

いずみは、先ほど殺害現場について報告した刑事を指さした。

「は、はい」

署長のご指名に慌てたのか、若い刑事が立ち上がる。その視線は、助けを求めるように一瞬、管理官にも向けられた。

いずみは構わず続ける。

「君の所属と名前は？」

「捜査一課の中井誠《まこと》巡査部長です」

「現場東側住居の明かりについて、報告していましたね。そこを少し詳しくうかがいたい」

「署長！」

管理官の厳しい声が飛んできた。

「その件については、本日未明の会議の際、詳しく検討しておりますが」

「少し気になるところがありましてね。もう一度、おききしたいと思っただけです」

署長の発言に、刑事たちはどこか居心地悪そうにうつむいて、モジモジしている。

「その気になるところというのを、先に説明していただけませんか」

署長の横やりは、管理官のプライドをいたく傷つけたようであった。そのプライドの出所も価値もいずみにはよく判らない。ならば、急ごしらえではあるが、自身のたてた推理を披露するまで……と口を開きかけたところで固まった。

いずみが推理の根拠としている出来事は、本日深夜に起こる。つまり、まだ起きていない。起きてもいない出来事を根拠にするわけにはいかない。

口を開きかけたまま、いずみは言葉を失ってしまった。

管理官は訳知り顔にうなずくと、何もかも悟りきったような冷めた調子で続けた。

「署長のご意見とあらば、いつでも拝聴いたしますが、事件解決のため、全員一丸となって事に当たっているときでもあります。今一度、熟考された上で、私の方に直接、お話しいただけるとありがたいのですが」

ここはいずみが引き下がるよりない。顎を引き、了解の旨を示すと腰を下ろした。

管理官は一連のやり取りなどなかったかのように、今後の捜査方針などについて語り始めた。

いずみは腕を組み、一人、考えに沈む。

与えられた時間は二十四時間。組織力を使っての公の捜査は望めない。

ならば、いずみ個人で動くよりない。いずみはうっすらと閉じていた目を開く。管理官が会議の終了を宣言したのと、同時だった。

四

廊下の隅で待ち、出てきた若い刑事を呼び止めた。

「刑事課の早瀬《はやせ》卓《すぐる》巡査部長だね」

刑事になったばかりの若者にとって、物陰から突然現れた署長に声をかけられるのは、かなりショッキングな出来事らしい。

「ありゃりゃ」

としどろもどろになりながら、ピンと背筋を伸ばして見せた。

「本年、刑事課に配属となりました、早瀬卓です」

「捜査のことでちょっとききたいのだが……」

廊下を行き交う者の視線が気になる。いずみは階段脇の柱の陰に早瀬を招いた。

早瀬に目をつけたのは、所轄の若手であることが一つ。署長の言葉には絶対服従するであろうとの目算だ。二つ目は、彼が捜査一課中井刑事のサポートで、犯行現場の聞きこみに同行していたからだ。

「犯行現場東側には一戸建ての住居があり、そこの裏口が現場に面している。君たちが再確認していたのは、そこに設置されている明かりがついていたかどうか、だったね？」

「はい。付近には街灯が少なく、もし裏口の明かりが消えていれば、周辺は暗く、被害者の人着《にんちゃく》を確認することも困難です」

自殺した真樹也は、「見えなかったんだ」と叫んで飛び降りた。その件と裏口の明かりの件は繋がりがあるのではないか。

「その住人に会うことはできないか？」

「は？　署長がですか？」

「ああ」

「い、いや、そりゃ、できなくはないでしょうが……」

早瀬は助けを求めるように周囲を見回す。いずみは慌てて言った。

「できれば、本庁の人間には知られたくないのだ。いろいろと立場的なものがあってね。君、車はあるかね」

「はぁ？　あるわけないですよ。ボクみたいなぺーぺーに」

「では、タクシーを拾ってきてくれ」

「そんな無茶な」

「これは署長命令だ。詳しいことは、後で説明するから。頼む」

そう言われて、断れる警察官はいない――はずだ。

早瀬は命令に従ってくれた。


犯行現場は人通りの少ない裏路地で、西側には幅数メートルの疎水が流れ、道路との間には高いフェンスがある。道に歩道はなく、車同士が何とかすれ違える程度だ。東側には古びた住宅のブロック塀が冷たく続いている。その中で唯一、出入口を設けているのが、犯行現場正面にある菊池《きくち》家であった。簡素な木製ドアであったが軒先に電球があり、室内から点灯、消灯の操作ができるようになっているという。

「あの、署長？」

いずみの横で、早瀬がモジモジと落ち着かなげに体を揺する。

「我々二人だけでこんな所まで来て、本当に大丈夫なのでしょうか」

「そのはずだ。気分が優れないので署長室で休むと、副署長には言ってある」

「ですが、勝手に署を離れるとなると……」

いずみは制服を着用したままだ。たしかに目立つことこの上ない。

「それで、ここの菊池さんには会えるのか？」

「はぁ、一応、電話で連絡はしました。在宅とのことで……」

ドアが開き、精悍《せいかん》な顔つきの男が顔をだした。三十代前半、日焼けしていて、彫りの深い顔立ちだ。シャツの柄や髪型など、いずみの目から見て何もかもがダサく感じられるが、この時代の女性にはさぞ、もてるだろう。左手に目をやると、結婚指輪が光っていた。

彼はいずみの制服に目を留め、油断なく身構えた。

「もう一度、話がききたいって言われたから、出てきたんだけど」

「お忙しいところ、申し訳ありません。この裏口の明かりについて、もう一度、お尋ねしたくて」

「それは構いませんけど、その制服、なんか、すごいですね」

「その辺については、おかまいなく。それで事件当夜、被害者が襲われた際、明かりはついていたと聞いているのですが」

「はい、何度もそう言いました」

「消えていた可能性は？」

「それはありません」

「絶対に？」

「ええ」

「明かりは夜、いつもつけておくのですか」

「ええ」

「つけ忘れたりすることは？」

「自動式じゃないので、そりゃ、忘れることもあります」

「でも、事件当夜は忘れなかった。そう断言できる根拠はなんです？」

「そんなこと、急に言われても……」

「つけ忘れることがあるにもかかわらず、あなたは事件当夜は絶対につけたと証言されている」

「つけたんだから、そうとしか言いようがない。三日前のことだし、ちゃんと覚えていますよ」

「明かりをつけたということは、在宅されていたんですね」

「もちろん」

「何をなさっていました？」

「写真を見ていました。写真家なので」

「奥様は？」

「外出していました。働いていましてね。レストランを経営してるんです。ボクより何倍も稼いでいますよ」

「写真を見るときは音楽か何かをかけますか？」

「いや、集中したいんでね。何もかけません」

「犯行時、何か耳にされませんでした？」

菊池の表情にかすかな動揺が走った。看護師時代、人間観察の能力を徹底的に指導された。患者は嘘《うそ》をつく。病状を隠す。わずかな表情から、それを読み取りなさい。

その経験がこんなところで役立つとは。

「いえ、別に何も」

「犯行現場はあなたの自宅裏です。音楽もかけず、静まりかえった中、あなたは一人で写真を見ていた。すぐ裏手で、人一人が殴り殺されていたんですよ？　何か聞かれたんじゃないですか？」

「聞いてないですよ。だって、被害者は一発殴られて、すぐ死んじゃったんでしょう？」

「一発？　どうして、そのことをご存じなんです？」

「どうしてって、ボク、発見者なんです。だから、頭から血を流してる被害者の方を見てますから」

「ではどうして、裏口から外をご覧になったのです?」

いずみの問いに、菊池は口を開いたまま動きを止める。いずみは続けた。

「一人自宅にいて、集中して写真を見ていた人が、なぜ、物音も何も聞かないにもかかわらず、裏口を開けて外を見たのです?」

「そ、それは……その……」

「調書には、物音を聞いたから、ドアを開けて外を見た。人が倒れていたので、慌てて一一〇番をしたとあります」

「よ、よく覚えていないけど、そう言ったのなら、そうなんでしょう」

「でもあなたたったいま、物音には何も気づかなかったと証言したばかりですよ?」

いずみは視線を転ずると、早瀬にまくしたてた。

「早瀬君、何なんだ、この証言は? あやふやで穴だらけじゃないか!」

「しょ、署長、申し訳ありません」

菊池が「ひゃっ」と甲高い声を上げた。

「署長? この人、署長なの?」

いかにも、といずみは重々しくうなずいてみせる。

「そんな偉い人が、捜査してるの?」

「いつもというわけではありません。重要事件に限り、署長自ら、出向きます」

嘘も方便というヤツだ。

菊池はがっくりとうなだれると、か細い声で言った。

「すみません、裏口の明かりは消えていました」

「何だって？」

叫んだのは早瀬だ。

「菊池さん、この間きいたときには、確かについていたって」

「いや、あのときはその……」

「本当のことを話せ！　今すぐ」

早瀬の剣幕に菊池はまっ青になって語り始めた。

「女を連れこんでいたんだ。かみさんが留守だったから。さすがに玄関は人目につくから、裏口から入れって。入ってもいいかどうかは、明かりを見て判断しろって」

いずみはため息まじりに言う。

「消えていれば入っていい。そういうことだったんだな」

菊池は力なくうなずいた。

裏口付近で何が起こっていようと、彼に気づけるはずがない。彼は事のまっ最中だったのだ。遺体を見つけたのは、女が帰るため裏口を出たとき。浮気の発覚を恐れ、通報は菊池が行った。明かりは遺体を確認するときにつけたのだろう。そして、最初からついていたことにした。

早瀬は菊池に近づき言った。

「ご同行下さい。署でもう一度、話を聞きたい」

菊池は悄然《しょうぜん》としてうなずく。早瀬はいずみの前で深く頭を下げた。

「署長、申し訳ありません」

「いや、いいんだ。それより、彼の聴取は誰かに頼めないか。私はまだ行きたいところがある」

早瀬の目があらためて見開かれた。

「まだ、どこかに行かれるので？」

「外塚氏の自宅を見たいんだ」

「はぁ？」

「その前に……」

ポケットを探り、携帯電話など持っていないことに気づく。こういう場合は……。

「早瀬君、テレホンカード、持っているかい？」

「持っていますが……」

「電話をかけたいんだ」

早瀬は美容室のポイントカードに似た薄いカードをさしだす。久しぶりに見るテレホンカードだった。

「それで署長、どなたにかけるんです？」

「副署長だ」

五

外塚の家は、建て売りの一戸建てがずらりと並ぶ一角の外れにあった。駅からもバス停からも遠い、やや不便な立地ではあるが、その分、値段は安かったのかもしれない。

外塚の家は無人であり、どこか朽ちた雰囲気が漂う。マスコミがやって来た名残を示すかのように、タバコの吸い殻が門前に多く散っている。外塚宅をのぞく家々の前は綺麗《きれい》に掃き清められていることが、余計に侘《わび》しさを募らせた。

いずみは外塚宅前を通り過ぎ、隣家、斎藤宅の前に立つ。一年半後、この場所で放火が起こり、十人が死ぬ。

「あのぅ、署長、何を……」

斜め後ろに控えた早瀬が、心細げな声をだす。

早瀬の報告で臨場した交番の警官二人に菊池を預け、いずみは彼と共にタクシーでこの場までやって来た。

いずみは斎藤宅のインターホンを押した。

「署長！」

「話をきいてみるだけさ」

「しかし、斎藤夫妻は被害者の隣人であるだけで、事件への関与はまったく認められておりません」

「念のため、念のためだよ」

インターホンに応答があった。女性にしては、低い声だ。

「どちらさま？」

「足立新井警察署の者です。お話をうかがいたいのですが」

「お隣の事件のことですか？」

「ええ、まあ」

「昨日、刑事さんにすべてお話ししましたよ」

「確認したい事項がありまして。お手数ですが、もう一度、ご協力いただけませんでしょうか」

「判りました」

門の前に立ちながら、いずみは中の様子をうかがう。腰のあたりまである鉄製の格子戸、三メートルほどの石畳が続き、その先に玄関ドアがある。左右にはまさに猫の額ほどの庭があり、鉢植えの類いがゴチャゴチャと置かれている。軒先の樋《とい》は一部が外れていて、そこからポタリポタリと滴《しずく》が落ちている。お世辞にも、手入れが行き届いているとは言えない。

この家に、罪のない少女たちが監禁されている。その糸口だけでも摑《つか》めればと思ったが、当然のことながら、敵はそれほど甘くない。

ドアが開き、女性が顔をだした。いずみは資料入力の際、斎藤茜の写真を見ていた。放火事件後、斎藤夫妻の正体が露見、捜査線上に名前が浮かんでから、警察がかき集めたものだ。口が大きく、目に強い光が宿っていた。化粧は濃く、服も派手め。どこか妖怪じみた風貌に、ただならぬ迫力をまとっていた。

だが今、目の前に立つ茜は、平凡な一人の中年女性でしかなかった。痩せており、気弱な感じで、写真の印象より遥かに小さく見える。服は量販店のもので、髪はわずかに茶色く染めたボブだ。

西脇が語っていた「ドバイ」の寓話が脳裏を過る。

一方、茜は茜で、こちらの服装に顔を強《こわ》ばらせている。

「何だか、すごいのが来たわね。それで、確認したいことって？」

「亡くなられた外塚恵理さんとの関係なのですが」

「もう全部、話しましたよ。お隣さん同士なんで、それなりのお付き合いはありました」

「友人同士だった？」

「恵理さんはどう思っていたのか判りませんけど、私はそう思ってました」

「ご主人の外塚真樹也さんとはいかがです？」

　茜の目が油断なく光った。

「それは、どういう意味ですか？」

「何か、言えないことでも？」

「バカ言わないで下さいよ。私にも亭主がいるんですからね。旦那さんは仕事が忙しくて、ほとんど顔を合わせたこともありませんよ」

「話をされたことは？」

「道で会ったら、挨拶くらいしますけどね。まあ、あの人、うちに面した側の庭でタバコ吸うんですよ。煙が鬱陶しいんで止《や》めて欲しいとは、一度、直接申し上げましたけど」

「ほう」

「で、旦那さん、どうなんです？　入院してるって聞きましたけど」

「実は意識を回復しそうなんです」

　早瀬が息を詰めるのが判った。何も口だししてこないのは、やはり署長の「威厳」のたまものだろう。

　茜は目を伏せた。

「そうですか……」

「意識が回復したら、いろいろと話をきくつもりです」

「マスコミは勝手なこと、言ってますけどね。近所の人はみんな、判ってますよ。あの人が奥さんを殺すはずがないって。そりゃあ、仲良かったんだから」

「私共も、報道等に惑わされず、きっちりと捜査するつもりです」

「お願いしますよ。あ、それと……」

「何です？」

「見慣れない制服ですけど、あなたも刑事さん？」

「警察官ではありますが、刑事ではありません」

「ふーん。じゃあ、何なの？」

「署長です」

「へ？」

「警察署長です」

いずみは「では」と頭を下げ、茜に背を向けた。

六

駐車場の車の中で、いずみは一人、蒸し暑さと戦っていた。深夜の病院である。救急外来があるため、深夜にもかかわらず、スペースは半ば埋まっており、出入りも激しい。子供を連れた母親が車に乗りこみ出て行ったかと思えば、赤ん坊を抱えた両親が斜めに駐《と》まった車の停止位置を直すこともせず、血相変えて飛びだしてきたりする。一時間に数度のペースで救急車がやって来て、病院は不夜城の様相を呈していた。

出入りが激しいからといって、エンジンをかけエアコンをオンにすることもためらわれた。こちらは署長の制服姿だ。嫌でも目立つ。エンジンを切り、助手席に深く沈むようにして、いずみはじっと時の来るのを待っていた。

運転席側のウインドウがノックされ、飛び上がるほど驚いた。

そこに副署長の困り顔があるのを見て、ホッと胸をなで下ろす。

ロックは解除されているので、身振りで「乗れ」と示す。副署長は運転席に滑りこんだ。

「管理官たちには、署長は病気療養中であると言ってあります。いったいこれは、どういうことなんです？」

署長室を抜けだして刑事課の若手刑事を駆りだし、独断専行の捜査を行ったにもかかわらず、捜査本部が大騒ぎになっていないのは、偏《ひとえ》に副署長のおかげである。いずみたちの居所をごまかし、菊池には厳重な口止めを行い、いずみたちの足跡を巧妙に隠蔽した。

「君は最高のナンバーツーだよ」

いずみの言葉に、副署長は複雑な笑いを見せた。

「正直、驚いております。署長が突然、別人になってしまったかのようで」

中身に関してはまさにその通りなのだが、いずみは黙ってうなずくに止《とど》めた。説明したところで、理解してもらえるとは思えない。

「報告を聞こうか」

「外塚真樹也について今一度、調べてみました。少年時代にまで遡《さかのぼ》りましたが、補導等の前歴も皆無でした。ただ、一つ気になることが」

「話してくれ」

「真樹也の家族についてです。彼は一人息子で、父親は証券会社勤務。母親は専業主婦でした。二十年前、父親が路上で喧嘩《けんか》する男性二人を止めた際、どうやら一方が暴力団関係者であったようです。逆恨みから外塚家への嫌がらせが始まり、それがエスカレート。父親は会社を追われ、転居することになったとあります」

「この短時間でよくそこまで調べられたな」

「暴力団員からの嫌がらせについて、当時中学生であった真樹也は、何度か所轄警察の防犯課を訪れています。その際の記録が残っていました」

「何となく想像はつく。防犯課は真樹也の訴えを相手にせず、放置した」

「おっしゃる通りです。ただ、法的に見ても、我々にできることは少なく……」

「先を続けてくれ」

「判りました。転居先の所轄にも当たってみました。転居後、父親は別の会社に勤務を始めますが、上手《うま》くいかなかったようです。それが原因で、家庭内で暴力沙汰を起こすようになり、何度か通報があったと記録が」

「すべては、喧嘩の仲裁が発端ということか」

「防犯課の記録によれば、真樹也自身も転校先の中学でいじめられていたようで、かなり酷い暴力を受けていたようです。最近、問題化しているイジメです」

「そのときも、警察は真樹也の訴えを聞かなかったのだな」

「まあ、生徒同士の喧嘩はしょっちゅうですから。いちいち大人が、それも警察が口を挟むことではないでしょう」

八〇年代の感覚であれば、そんなものか。そうした甘い対応が問題の長期化を招き、三十年以上たっても、イジメはなくならない。

内心憤りを覚えつつも、それを副署長にぶつけるのは筋違いだ。いずれにせよ、いずみの知りたいことはすべて調べがついた。

「ご苦労だった」

ねぎらいの言葉に、副署長はもの問いたげな表情で、こちらを見る。

「何かお考えがあるのであれば、お聞かせいただけませんでしょうか」

「なるべく多くの人を助けたいのだ」

この点に関しては、正直に述べた。

「それは、どういう意味でしょうか」

「言葉通りの意味だ。それにしても、よく来てくれた」

「他言無用のご指示通り、一人で参りました」

「君を巻きこみたくはなかったが、正直、私一人では心許《こころもと》なくてね」

「と言いますと」

いずみはぶかっこうに張りだした腹を叩いてみせる。

「この体を見ろ。警察官のものとは思えない。まともに走ることすらおぼつかない」

「ですが、健康診断の結果はすべて良です」

「腰は痛い、膝も痛い。肩、首は凝っているし、少し歩くと息が上がる。こんな体で何が良なものか」

「恐れ入ります」

「もっとも……」

いずみは副署長を見つめる。

「君も大差ないがね」

「申し訳ありません」

副署長は噴き出る汗を白いハンカチで拭った。蒸し風呂のような車内で、なぜエアコンをつけないのか尋ねることもせず、ただただ上級の者に仕える。偉くなったらなったで、大変なのね、警察って。いずみは内心で思う。

病院内が何やら騒がしくなった。救急外来脇にある警備員室から制服姿の男性二人が全力で病棟内に駆けこんでいく。

「いよいよだよ、副署長」

「は？」

いずみはドアを開け、外に飛びだした。一方、副署長は何の説明も受けていないにもかかわらず、素早く車を降りると、いずみの後ろにピタリと付き従ってきた。

やはり究極のナンバーツー。

いずみは救急外来受付に突進する。膝は相変わらず痛く、息が上手く吸えない。

ドア前には男性の介護職員がいた。

「ちょっと、あんた何？」

「署長だ！」

そう叫んで突破する。後ろで副署長が警察手帳を示しているのが気配で判った。

病院の見取図は、頭に入れてあった。明かりの消えた待合室を横切り、中央階段へと向かう。予想通りであれば、ここで……。

「署長！」

階上から早瀬の声が降ってきた。同時に、黒い影が階段を駆け下りてくる。

「待て」

立ち塞がったつもりだったが、相手の体当たりを食らい、弾《はじ》き飛《と》ばされてしまった。

署長、どこまで運動不足なのよ。悪態をつきながらいずみは立ち上がる。

影は黒ジャージ姿で、目出し帽をかぶるという念の入れようだ。いずみの方を振り向きもせず、まっすぐ、全力で待合室を駆けていく。

立ち上がろうと足搔《あが》いているいずみの横を、早瀬が颯爽《さっそう》と駆け抜けていった。

あれ？　副署長は？

辺りを見回しつつ、早瀬の背中を追う。

影のスピードは速かった。瞬く間に正面玄関に到達するが、そこは施錠されていて開かない。素早く身をひるがえすと、早瀬に向かっていく。

若い早瀬であれば――という期待は脆《もろ》くも砕かれた。影が放ったパンチが早瀬の顎を撃ち、若手刑事はあえなく倒れこんだ。影はいずみに向かってくる。一応、術科の成績もよく、合気道は二段である。冷静に動きを見れば、捌《さば》けないわけではない。問題はこの体だ。足腰にまったく力が入らず、下半身が安定しない。上半身が肥大しているため、余計だ。

影はもう目の前にいた。

ダメだ。打撃を防ぐことすらできない。棒立ちのまま、ただ呆然《ぼうぜん》と目出し帽からのぞく猫のように光る目を見つめていた。

ぴしりと乾いた音がして、影が右手を押さえ、後ろに飛んだ。

いずみの脇から、ニュッと突きだしているのは、モップの柄だ。それを両手に持ち、副署長が静かに進み出た。モップ本体は付け根からへし折ったようだ。

進退窮《きわ》まった影が、副署長に向かう。

「きぇぇぇぇぇ」

ブリキの缶をかきむしるような奇声と共に、モップの柄が綺麗な弧を描き、影の頭を打った。副署長は構えを解かず、床にのびた影を穏やかな目で見下ろしていた。

数秒の後、モップの柄を床に置いた副署長は、唖然《あぜん》としたまま立ち尽くしているいずみの許へとやって来る。

「遅くなって失礼しました」

「ふ、副署長、今のは？」

「署長もご存じでしょう。私、剣道は六段の腕前です」

剣道にそんな段位があったのかと感心している間に、顎を押さえた早瀬がフラフラとやって来た。副署長は影の目出し帽を手荒く脱がしにかかる。

中から現れたのは、斎藤茜の顔だった。完全に気を失っている。

副署長が膝立ちのまま、いずみを見上げた。

「署長、もう少々、詳しくご説明願えませんか？　思っていたよりも大事《おおごと》になりそうで」

病院の職員がぞくぞくといずみたちの周りに集まりつつあった。これだけの騒ぎだ。警察に通報した者もいるだろうし、救急外来に来ている一般人にも説明をしなければなるまい。矢面に立たされる副署長にはすべてを知っていてもらう必要があった。

「では、三階にある外塚真樹也の病室まで来て欲しい」

「病室に何が？」

「すぐに判る」

午前三時過ぎ、真樹也は意識を回復した。いずみは渋る主治医を説き伏せ、警官による監視をつけることに同意させた。さらに、五分という制限つきであったが、面会の権利も勝ち取った。

いずみは副署長を伴い、病室に入る。点滴の管に繋がれた真樹也はやつれた顔で、こちらを見た。

「あなたは？」

「署長です」

「は？」

「すべてを話していただけませんか。罪の償い方というのは、いろいろある。死んだからといって、償ったことにはなりませんよ」

ふて腐れたように押し黙る真樹也に変化はない。だがまもなく、完全に光を失っていた両目から、涙があふれ出てきた。

「僕は……僕は……」

わなわなと全身を震わせ、両手で顔を覆う真樹也を副署長は怪訝《けげん》な面持ちで見守る。

制限時間五分、ギリギリのところで、真樹也は顔を上げた。

「妻を殺したのは、僕です」

副署長が「えっ」と声を上げた。

「間違えたんです。妻と斎藤茜を」

いずみはやりきれない思いで、自身の推理が正しかったことを知った。

「服装、髪型も似通っていて、身長や体重も同じくらい。暗い路地で顔もはっきりとは見えなかったんだね？」

「駅からあとをつけていた。まさか、いったい、どこで入れ違ったのか……」

「斎藤茜を殺そうと思ったのは、なぜだ？」

「ヤツは社会のクズだからです。庭でタバコを吸っているとき、偶然聞いたんです。あいつらが、家出少女を騙しては監禁して風俗に流していること」

「どうして、警察に知らせなかった？」

答えは判っていた。それでも、問わずにはいられない。

真樹也の頰に血の気が戻ってきた。

「警察は話を聞くだけで、何もしちゃくれない。万が一、密告がばれて、僕と妻が危うくなったって、ただ見ているだけだ。そうだろう？　だから、僕がやらなくちゃって」

いずみは悔しさに言葉をなくす。

「見て見ぬふりも考えたけれど、隣の家だ。隣に何の罪もない女の子が閉じこめられているのに、知らない顔して生活できるわけがない。巻きこみたくはなかったから、妻には何も言わなかった。それが……間抜けな勘違いで、僕は妻を……」

「斎藤茜は警察の目をくらますため、自身の風貌や着衣を頻繁に変えていた。身近にいる者からモデルとなる人物を選び、服装や髪型を真似て、人相を変えていたんだ。彼女は君の奥さんをモデルに選んだ。だから、似た髪型、服装をしていたんだ」

「そんな事、何のなぐさめにもならない。僕は、僕は……」

真樹也は手足をばたつかせ、ベッドから下りようとした。いずみは副署長と一緒に押さえようとしたが、もの凄《すご》い力だった。撥《は》ね飛ばされそうになったとき、医師と看護師が駆けつけ、何とか取り押さえた。真樹也が落ち着きを取り戻すと、いずみたちは主治医によって病室から追いだされた。

物々しい雰囲気の廊下で、いずみは言った。

「今の外塚真樹也による証言は重要だ。斎藤茜の身柄をしっかり押さえるのはもちろん、すぐに令状をとって斎藤宅に捜査員を向かわせるのだ。夫・斎藤健二の身柄確保と自宅の徹底捜索。一秒を争う。君が主導でやってくれ」

「署長はどうされるのです？　これを突き止めたのは署長です」

「私のことはいい。それより早瀬刑事だ。彼は私の命令で動いていた。今夕、我々は斎藤茜を訪ね、外塚真樹也の意識が回復したと嘘を言った。恵理が殺害されたと聞き、茜はある程度のことを悟ったのだろう。真樹也が自身の秘密に感づいていることも。だから、真樹也の容体には興味があるだろうと思ったのさ」

副署長の顔色が変わる。

「彼女が真樹也の口を封じるよう、仕向けたんですか！」

「病室のロッカーに早瀬を入れ、私は車で待機していたんだ。斎藤茜は見事にかかった。そして……まあ、今に至るわけだ」

「何て無茶苦茶を。こんなことが上層部に知られたら……」

いずみは、いま体を拝借している署長、目の前にいる副署長、そして、前途有望であった若手刑事の将来を潰したのかもしれない。

でも、ここで動かなければ、今後も斎藤夫妻による犠牲者は増え続け、挙げ句、放火により多数の人命が失われることになる。

いずみにも確信はない。「時間」はどう人々に作用するのか。「歴史」は本当に変化するのか。そもそも、これは「現実」なのか。いずみは本当に「現代」に帰れるのか。それでも、それでも……。

「署長？」

副署長が不安げな面持ちで、顔をのぞきこんでいた。

「ひとまず、署に戻るよ」

「署長！」

よく響く声と共に、早瀬が駆け寄ってきた。

「署長、いろいろとありがとうございました」

「いや……」

「これから、斎藤宅の家宅捜索に行ってまいります」

「判った。あ、車は自由に使って構わない」

「ありがとうございます」

敬礼と共に、早瀬は駐車場の方へと駆けていった。

副署長が目を細めて見送る。

「何とか、彼だけは守ってやりませんと」

「そうだな」

「病院の向こうにあるコインパーキングに車を駐めてきました。それで、署まで」

「助かるよ」

全身が悲鳴を上げている。署長室で覚醒して以来、水分をまったくとっていないため、尿意を覚えないことだけが救いだった。

いくら何でも、あれだけは、勘弁だ。

七

逃げこむように署長室に入り、来客用ソファに足を投げだして座る。

既に捜査本部は上を下への大騒ぎだった。本来なら、一番にいずみに連絡が来るところだが、そこは副署長が上手くやってくれているようだ。ほんのわずかな間だが、静寂がありがたい。

ドアがノックされた。副署長が駆けこんでくる。

「家宅捜索中の捜査員から報告です。斎藤宅地下から、十代の少女二人を保護したとのことです」

「斎藤健二は？」

「バイクで逃走を図りましたが、既に確保したと」

「よし。よくやった」

「それから署長、捜査一課長がお呼びです。至急とのことです」

「そうか」

いずみはソファの肘掛けにすがるようにして、体を起こす。

「では、行くとしよう」

シュィィィイン。

あの音が耳元で響き、視界が白くなった。

いずみは、ポルタの前に座っていた。デスクに置いてあるスマートフォンを取り、年月日と時刻を確認する。元の時代に戻っており、時刻はポルタの異音を感じてから、一分とたっていなかった。

立ち上がり、手足を動かしてみる。自分の体だ。異常はまったく感じない。部屋は薄暗く、埃っぽい。それでもいずみは伸びをして、大きく息を吸った。戻れた。その安堵《あんど》感にしばし、一人で浸る。

署長に憑依していたせいか、体にまったく疲れが残っていないのはありがたい。不眠不休で動いたにもかかわらず、眠気も感じない。

そこではたと気づく。

いずみはポルタに向かうと、入力したばかりの外塚恵理撲殺事件のデータを検索した。データはない。綺麗に消えている。

つまり、事件の内容が変化したということだ。

続いて、警視庁のデータベースから、斎藤宅の放火事件について検索をかける。該当データなし。各新聞記事も当たってみたが、十人が死亡という大惨事を報じたものは一つもなかった。

事件は起きなかったのだ。

いずみはさらに検索を重ね、外塚真樹也が殺人で有罪となり、八年間服役したことを知った。出所後はボランティア団体で活動を続け、今では貧困問題に取り組むNPOの代表になっていた。

斎藤健二、茜もまた有罪となり、服役していた。健二は懲役十五年。二〇〇一年に釈放されたが、その二日後、晴海《はるみ》埠頭で死体となって発見された。犯人は未検挙で、関係のあった暴力団組織による見せしめとの見方が強い。茜は懲役二十年。出所後、行方をくらましていたが、二〇一一年、薬物所持で逮捕。自身も重度の薬物中毒であり、施設へと送られた。二〇一三年、施設から姿を消し、現在は行方不明だ。

続いていずみは、警視庁の人事データにアクセスする。キーを叩く動きが鈍くなった。結果を知るのが、正直怖い。

でも、目を背けるわけにはいかない。すべてはいずみの責任においてやったことだ。

足立新井署署長は一九八六年まで同署で署長を務めた後、両《りょう》国《ごく》西《にし》警察署にやはり署長として異動。二年後に定年退職した。その後は警備会社の顧問となり、二〇〇一年に病没していた。記録を見る限り、いずみのとった無茶な行動は大きく影響していないようだ。

副署長は一九八八年まで足立新井署に副署長として勤務。その後、依願退職し福井県に移住。妻の病気療養のためであったらしい。最後に記録が確認できたのは、一九九八年、福井県少年剣道大会の主審として活躍する写真であった。

早瀬はその後、自ら希望して組織犯罪対策課に異動。現在は足立新井署の同課課長である。

安堵感と共に、あらためてポルタのシステムを終了させる。今度は異音など発せず、静かに画面が暗くなった。

いずみはスマホを取り、西脇の番号にかけた。

数コールの後、予想通りのメッセージが流れてきた。

「おかけになった電話番号は、現在、使われておりません……」

一九九九

一

目をゆっくりと閉じ、そこに濡《ぬ》れたタオルを当てる。座ったままの姿勢で大きく伸びをして、しばし脱力。その後はスマートフォンに入れたラジオ体操第一に合わせ、全身を動かす。サーモスに入れて持参した麦茶を飲み、もう一度、大きく伸びをする。

五十嵐いずみは再び、パソコン画面に向かった。

警視庁本部庁舎地下三階の史料編纂室で、今日も段ボール箱の山に囲まれている。誰が訪ねてくるというわけでなく、同僚がいるわけでもなく、上司がいるわけでもない。

シュイィィィィイン。

妙な音をたて、編纂室の主でもある旧式のパソコン「ポルタ」が立ち上がった。

「さて、今日の資料は……と」

手近にあった段ボール箱に触れた途端、大量の埃と共に山が崩れ落ちた。一つの山がまるでドミノのように、隣の山を崩していく。もの凄い音をたて、あっという間に手の付けられない状態になってしまった。

もうもうと立ちこめる埃を避けるため、いずみはハンカチで鼻と口を覆う。

「あーあ」

幸い箱が頑丈なため、中の資料が飛びだすことはなかったが、重量級の段ボール箱は荒れた岩《がん》稜帯《りょうたい》のように幾重にも折り重なっている。

「やっちゃった」

いずみはため息をつく。とはいえ、山が崩れたからといって、別段、問題はない。もともと、適当に積み上げられていたものだ。中身が無事ならば、今まで通り、箱から適当に資料を取りだし、入力していけばいい。史料編纂室に、整理整頓は求められていないのだから。

いずみは一番手前に転がる箱の蓋を開け、中身をだした。

「じゃあ、今日はこれからね」

史料を収めたバインダーの表紙には、事件の発生年月と戒名が印字されている。

『一九九九年八月　北新宿《きたしんじゅく》交番巡査部長自殺事案』

とあった。

嫌な資料開いちゃった。

いずみは思わず顔を顰めていた。警察官の自殺事案は、常に苦い結末が待っている。自殺の理由がどうあれ、同僚、上司の心に深い傷痕を残し、時には自殺者をだしたということで、上司を始め所属していた署の署長に至るまでが責任を取らされる場合もある。ほとんど面識もない人物のせいで、自身の経歴に傷がついてしまうのであるから、処分を受けた者もたまらない思いだろう。

資料の最初をパラパラとめくり、いずみはもう一度、顔を顰める。

自殺が拳銃によって行われたと記述してあったからだ。

最悪――。

銃の使用には、警察官のみならず、マスコミ、国民も含め神経質だ。自殺した巡査部長の上司たちにとっては、ダメージのダブルパンチだったことになる。

ファイルを膝に乗せたまま、崩れた段ボール箱の山に恨みをこめた視線を送る。

「崩れたせいで、こんなファイルを引いちゃったじゃないの」

シュイィィイン、シュイィィイン。

ポルタがまるで催促でもするように、奇妙な駆動音を響かせる。

「判った、判りましたよ」

ファイルをデスクに置き、画面に向き合った。

現場となったのは、北新宿第二公園。一九九九年八月二十四日深夜、公園の男性トイレ個室内で、北新宿署地域課の轟《とどろき》治司《はるじ》巡査部長、三十六歳の遺体が発見された。銃を口にくわえ、自ら引き金を引いたとみられる。

発見者は轟巡査部長の相棒でもあった倉城《くらしろ》護《まもる》巡査。二人は不審者の通報を受け公園に臨場、二手に分かれ園内をパトロールしていたが、轟巡査部長が予定時刻を過ぎても集合場所に現れなかったため、不審に思った倉城は一人、公園内を捜索。トイレ内で轟の遺体を見つけた。

添付されていた現場写真の凄惨さに、思わず作業の手が止まる。しばし画面から目を離して心を落ち着け、作業に戻った。こうしたとき、短いながらも看護師として働いた経験が、役に立つ。

写真のむごたらしさとは対照的に、資料は淡々と続いていった。

目撃者なし。銃声を聞いた者もいない。また遺書等も発見されなかった。しかし現場状況、轟巡査部長自身の腕に硝煙反応があった点などから捜査本部は、早期のうちに自殺と断定——。

資料はそこでプツリと終わっていた。

自殺であることがはっきりしているのであるから、それ以上、何ら捜査をする必要はないし、別段、おかしなことではないのだが……。

業務を引き継いだばかりとはいえ、既に数百を超える資料を読みこみ、入力している。そんないずみの心に、どこか釈然としないものが残った。

ひとまず保存を完了したところで、休憩タイムに入る。また、ラジオ体操第一をかけようとしたそのとき、壁の向こうから不穏なサイレンが響いてきた。

「な、何なの？　これ」

答えてくれる者は誰もいない。

あらゆる場合の危機対応は頭に入っているものの、地下の片隅にある編纂室でいったい何をどうすれば良いのかまでは判らない。

サイレンはまだ続いている。

シュイィィィィイン。

ポルタの画面が微かに白くなった。資料入力画面がいきなり、ニュース画面に切り替わる。警視庁庁舎をバックに、アナウンサーが興奮気味に何か言っている。

「え？　ポルタってテレビ機能もついてたの？」

適当なキーを叩くと、音量が上がった。

『警視庁内に侵入、立てこもっている男は、爆発物を所持しているとのことです』

「はぁ⁉」

警視庁ってつまり、いずみのいる建物だ。頭の上に、爆弾持った男がいるってこと？

何がどうなっているのか、まるで状況が摑めない。

スマホが鳴った。画面には「西脇」の文字がある。慌てて通話ボタンを押した。

西脇の声は驚くほどに陽気である。

「よう、久しぶり」

「久しぶりじゃないですよ。何処に行ってたんですか？　電話しても繋がらなくて……って今はそれどころじゃないんです。警視庁が……」

「知ってる。だから電話したんだ」

「私、どうすればいいですか？　誰も何も言いに来てくれなくて」

「編纂室のことを覚えているヤツなんて、ほとんどいないだろうからなぁ」

いずみの脳裏にふっと昔見たハリウッド映画のワンシーンがよみがえる。テロリストに占拠されたビル内で、一人難を逃れた刑事が敵をやっつけていく物語だ。

「もしかして、私がその男をやっつけるとか？」

「いくらコマンドーでも、それは無理だろう」

「いえ、コマンドーじゃなくてダイ・ハードです」

「それより、状況はかなり深刻なようだ。犯人は一人だけらしいが、爆発物を身につけているって話で……」

「ニュースで見ました。でも、そんなことできるんですか？　セキュリティだってありますよね。どうやって中に入ったんです？」

「出入業者に化けて入ったたって見方が有力だ」

「出入業者？」

「警視庁にだって、自販機もあるし売店だってある。食堂の食材だって運び入れなくちゃならん。そのために、身元の確かな業者を指定して、専用の入館許可証を発行するんだ。それがあれば、面倒な手続き抜きで商品などの搬入ができる。犯人は業者の一人を殺し、その許可証を奪ったようだ」

「目的は何なんです？　そこまでする目的は？」

「それがよく判らんみたいだな。一つはっきりしているのは、犯人が警視庁に対し、相当な恨みを抱いていること。持ちこんだ爆弾はかなり強力なもので、爆発すれば大変な被害が出るだろうってこと」

「出るだろうって、私はどうすればいいんです？　何かできることは？」

「ない」

「あっさり言いますね」

テレビ画面のレポーターに動きがあった。

『ただいま、犯人と思われる男の情報が入ってきました。名前は湯山俊彦《ゆやまとしひこ》、五十三歳。住所不定、無職で……ええっと、元警察官、元警察官となっています』

「あっ！」

湯山俊彦、聞き覚えのある名前だった。いや、見覚えがあったかもしれない。どこかで……。

「何だ、今の、あっ！　は」

「犯人の名前、私、知ってます」

「本当か？」

「たった今、入力した資料にあったんだから、間違いありません。北新宿署の署長だった人ですよ。巡査部長が自殺した」

「北新宿署で自殺……それは、轟巡査部長のことか？　一九九九年」

「はい」

「やっぱりそうか」

「それ、どういう意味です？」

「いいか、君はどんなことがあっても、その場を動いてはいかん」

「どんなことがあってもって、爆弾が破裂してもですか？」

「そうだ」

「簡単に言わないで下さい」

地上で大爆発が起これば、地下三階のこの場所なんて、ひとたまりもないだろう。

「大丈夫さ」

西脇は気楽な調子で言い放った。

「その根拠は？」

「さぁ……」

「やっぱり、逃げます」

「ダメだ。逃げたら終わりかもしれん」

「どうして、この場にいない西脇さんに、それが判るんです」

「勤続三十年の勘さ」

「勘に命をかけたくはありません」

「まあ、こういうときはジタバタしないのが吉さ」

「他人事《ひとごと》臭がプンプンするんですけど」

「それは仕方ないだろう。他人事なんだから。じゃっ！」

通話は切れた。怒りと焦りと恐怖が混ぜこぜになった感情が渦巻き、スマホを放り投げたくなる。

看護師時代に身につけた理性と忍耐で何とか思い留まると、座り慣れた椅子に身を預ける。ポルタに映る画面は、さきほどと大差ない。興奮したレポーターが、警視庁前からあれこれと憶測をまき散らしている。

ふと思い立ち、人事の検索画面を開いた。通常は極秘だが、なぜかポルタからだとフリーパスで入れる。

湯山俊彦と入力し、経歴を検索する。

出てきたのは、これもまた何ともやりきれないものだった。

湯山は一九六八年生まれ、慶應義塾大学法学部卒業。国家公務員採用試験に合格後、警察庁に。一九九八年、警視となり、北新宿署署長に就任。二〇〇〇年退職。

それ以降は、当然のことながら、まったくの空白であった。

二〇〇〇年の退職に、轟巡査部長の自殺事案が関係していることは想像に難くない。拳銃自殺という不祥事の責任を取らされたのだろう。エリートとして将来を嘱望されていたにもかかわらず、経歴に消し去りがたい汚点が刻まれた。湯山としては耐えがたかったに違いない。

いやまてよ……。

いずみは人事検索を閉じ、代わってテレビ画面のザッピングを始めた。しばらくして、ようやく目的のものを見つける。

湯山の過去について、あれこれと掘り下げたワイドショーの一幕だった。下衆《げす》の極みとも言うべきものだが、今はどうしても情報が欲しい。やむなくボリュームを上げ、集中する。

スタジオにいるレポーターは、どこから掘りだしてきたのか判らぬ情報を、面白おかしく、フリップボードに示しながら喋《しゃべ》り倒していく。

『湯山容疑者は、巡査部長自殺の責任を取る形で辞任していますが、そこには、もう一つの不祥事が関係していたようです。轟巡査部長の自殺を隠蔽しようとしたらしいのですよ』

レポーターの報告に、スタジオ内もさすがにどよめいた。

『隠蔽ですか』

『副署長たち数名の幹部が結託し、巡査部長の自殺を事故として処理しようとしたそうで……』

『いや、公園内のトイレで、拳銃使って死んでいたわけでしょう？　それを隠蔽って、無理くりすぎますよ』

『その無理くりをやろうとして、失敗し、露見したわけです』

警察署の副署長を始めとする面々にとって、署長として赴任したエリートは大切な預かりものでもある。長くはない任期の間、たとえ手柄などなくとも、傷さえつかなければ、問題ない。彼らは常にそう考えて動いてきた。

そんな中で起きた、拳銃自殺事案だ。警察エリートの将来を左右する絶望的重大事案に直面し、副署長以下は果たしてどう動いたのか。

唯々諾々と署長の経歴に傷がつくのを眺めていたはずはない。何らかの方策を講じ、せめて署長にだけは累が及ばぬよう取り図らおうとしたのではないか。

そして、失敗した。二重の不祥事によって、エリート一家のボンボンは、ついに命運を絶たれ、警察を去ることになった――。

いずみは当時、北新宿署に在籍していた数人のデータを試しに検索してみた。副署長、地域課長、刑事課長など数人が依願退職していた。多くが再就職をしていたものの、半分ほどはすぐに退職。

副署長に至っては退職直後に行方不明となっていた。

検索画面を閉じテレビに目を戻すと、スタジオは警察に対する非難の声一色に染まっていた。

画面には初老の男性の写真が映しだされ、「殺害された真田郁太郎《さなだいくたろう》さん」とのテロップが出ている。西脇が言っていた、出入業者らしい。入館許可証を得るため、湯山に殺害された被害者だ。

だが、スタジオの面々は彼すらも批判の対象として論《あげつら》う。

『セキュリティが甘かったんじゃないですかね。警察側の落ち度ですよ』

『許可証を簡単に利用されてしまうなんてねぇ』

堪えられなくなって、いずみは現場からのレポートを流す番組にチャンネルを戻した。

レポーターは別の男性に替わっていたが、警視庁本部庁舎を囲む空気は、より緊迫感を増しているように思えた。

レポーターたちは建物からさらに遠くへと押しやられていて、法務省、警察庁、皇居周辺には、車両も含め、人は誰もいない。

レポーターがさらに興奮の度合いを増し語り始める。

『たった今入ってきた情報です。湯山容疑者は現在、一階、総合相談センター内に人質を取ったまま立てこもっているようです。警視庁庁舎内にはまだ多数の人々が残っており、現在、捜査員が容疑者の説得に当たっておりますが、一切の返答はないとのことです』

湯山からの要求が一切ないというのが不気味だ。果たして、持ちこまれた爆弾は本当にあるのだろうか。もしガセであるならば……。

いずみのスマホが再び鳴った。西脇からだった。

「君、まだ編纂室を動いてないだろうな」

「ええ。動くなって言うから」

「でかした。状況はしごく悪い」

「は？」

「こちらでもちょっと調べてみたんだがな、湯山のヤツ、警察、特に桜田門《さくらだもん》を相当、恨んでいたようだ」

「拳銃自殺と隠蔽については、もうワイドショーでも取り上げています」

「そうだろうな。恰好のネタだもんなぁ。警察を辞めた湯山は定職にもつかず、自宅で引きこもり同然の生活をしていた。だが十年ほど前に両親を続けて亡くし、家、土地含めけっこうな財産を引き継いだ。それらを惜しみなく使って、今度のことを計画したようだな」

「でも、そんな人に爆弾の手配ができますか？」

「湯山はもともと、京都《きょうと》科学技術《かがくぎじゅつ》大学を志望していたらしい。それを、親が東大法学部に変えさせた」

「西脇さん、そんなことまで調べたんですか？」

「知ってたよ。これでも人の三倍以上の月日を警察官として過ごしてきたのでね」

そう言われて納得できるのは、この世の中でいずみただ一人であろう。

「とにかく、子供のころから科学好きで、引きこもっている間に、たっぷりと時間があった。ヤツが持ちこんだという爆弾をフェイクと考えるのは、危険すぎるだろうな」

「でも、湯山の目的は何なんですか？　その後、何か要求は？」

「相変わらず、何もない。ただ……」

「ただ、何です？」

「湯山には一人叔父《おじ》がいてな。彼は警察関係者ではないんだが、そのせいか、退職後も唯一、湯山がコンタクトを取っていた人物らしい。その叔父のところにメールが届いた。この件は極秘で、マスコミなどにも一切、公表されていない」

「そのメールの内容は?」

「ただ一言、『全部、消してやる』だったそうだ」

足元がぐらりと揺れ、続いて、激しい震動が部屋全体を襲った。いずみは床に投げだされ、腰をしたたかに打つ。手にしていたスマホはどこかに飛んでいってしまった。

「な、何?」

猛獣が猛《たけ》り狂っているような低い唸《うな》りが、天井の上から聞こえてくる。

いずみは這《は》ってパソコンデスクに戻る。あれほどの揺れにもかかわらず、ポルタとそれが載るデスクは微動だにしていない。画面にはまだ、テレビが映しだされている。その映像を見て、いずみは息を呑《の》む。

オレンジ色の光の塊が、警視庁本部庁舎の一階から膨れ上がり、建物の破片をまき散らしながら飛散していく。光の周囲には真っ黒な煙がまとわりつき、死神のマントのようにユラユラと建物全体を覆いつつあった。

爆弾が爆発した――。

また新たな火球が警視庁桜田門側の入口付近で破裂した。今度の規模は、前より大きい。瞬く間に建物の半分ほどが灰色の煙に包みこまれる。

ビシッという音にいずみは天井を見た。一面にひび割れが走っている。さらに、激しい縦方向の揺れと共に、ゴゴゴという地鳴りのような音が近づいてきた。

バタンと唯一のドアが開く。廊下の遥かかなたに、真っ赤な炎が見えた。ものすごい速度で、こちらに向かってくる。

もう逃げ場はない。

シュイィィィィン。

ポルタの画面が白く光った。光は次第に大きくなり、いずみの体を包みこむ。

激しい衝撃とともに、いずみは何処かへと投げだされていった。

二

座り心地の良い椅子に座り、右手にはハンコを握っていた。朱肉と本年度犯罪撲滅運動内容要旨と題された書類が目の前にあり、いずみはしばし、細かな文字とにらめっこをする。

こうした状況は初めてではない。前にもあった。あの怪しいパソコンの発する光に飲みこまれ、突然、見ず知らずの場所にいる。

それが……また起きた？

ハンコをデスクに置き、そっと自分の頬に触れてみる。思っていたより肌の状態はいい。それでも、ヒゲの剃り跡がチクリと指先を刺激する。

やっぱり。

あまり深くは考えないようにする。ゆっくりと立ち上がるが、前のときほどの違和感はない。膝や腰に痛みが走ることもなく、すっとまっすぐに立ち上がることができた。

デスクの上に灰皿などはなく、空になったコーヒーカップが置かれている。口の中にほのかに残る苦みの正体はこれか。

メガネはかけておらず、コンタクトもしていない。裸眼だ。正面の壁には、あのお言葉を書いた額もある。

「聲なきに聞き、形無きに見る」

日本警察の父と言われる川路大警視。その言葉を集めた『警察手眼』に出てくる一節である。

こぢんまりとした応接セットに、壁際の書類キャビネット、その辺りの配置は、前に見た部屋とあまり変わらない。

マホガニーの厳めしいデスクをゆっくりと回りこみ、いずみはドアの方を向いて置かれたプレートに目を落とした。

「湯山俊彦警視」

判っていたこととはいえ、目眩にも似た感覚に襲われる。

よりにもよって、この人なのね……。

壁にかかった日めくりカレンダーに目をやる。一九九九年八月二十五日。

ああ、やっぱり……。

鏡は見当たらなかったため、デスクの引きだしを開ける。小さな手鏡が入っていた。

自分の顔を恐る恐る映す。色白で細面の、おおよそ警察官らしくない顔がそこにあった。

たしかに、体つきを見ても、全体的に線が細い。上腕も太ももも、頼りないことこの上ない。

私より細いんじゃないの?

焦りと苛立ちを覚えつつ、引きだしを閉める。ふと、観葉植物の陰に段ボール箱が一つ、隠すように置かれているのに気づいた。

その蓋をそっと開けてみる。中には本が入っていた。すべて化学や科学技術に関するものだった。専門性の高いものばかりで、いずみにはタイトルからしてチンプンカンプンである。

もともと理系畑の人物、と西脇は言っていたっけ。親の勧めで警察官の道へと進んだ今も、こうやって本を捨てずにとっておくところをみると、本来の夢、いまだ絶ち難しなのだろう、湯山本人の心の叫びを聞いた気がした。

今から二十三年後、湯山は大事件を引き起こす。その微かな兆候は、既に表れているのかもしれない。

「署長」

軽いノックと共にドアが開いた。いずみは慌てて箱を鉢の陰に隠す。

「え……ええっと……」

入ってきたのは五十年配の男性だ。副署長であることは間違いない。

副署長はニタニタとわざとらしい笑みを浮かべ、いずみににじり寄ってきた。

「署長、少々、問題が生じておりますが、どうかご心配なく」

その問題は「少々」などというものではなく、人の命が失われた一大事であることをいずみは既に知っている。

しかし、ここでいきなり副署長を怒鳴りつけても始まらない。まずは今の状況を精査することが必要だ。

「そうか、副署長」

その返答は間違っていたようだった。副署長の顔付きがみるみる不審なものへと変わる。

「署長、どうかなさいましたか？」

「いや、別にどうもしないがね」

「物腰、言葉遣いが違いますな。それは、何かの洒落《しゃれ》ですか」

「いや、違うんだ。そのう、何というか……まあ、いいじゃないか。今日はこういう気分なんだ」

「気分ですか」

「ところで副署長」

「何でしょうか」

「君の名前は？」

「はぁ？」

「名前だよ」

「それは、どういう……？」

「姓名をきいているんだ。上官から姓名をきかれて、すぐに返答しないのは、どうかと思うがね」

「ああ、こりゃ申し訳ありません。私、北新宿署副署長を務めます佐所光秀《さどころみつひで》であります」

「それを聞いて安心したよ。ところで、佐所副署長、君が言っていた問題についてだが……」

佐所は両手のひらを前に突きだし、「いやいやいやいやいや」とヒラヒラと振ってみせる。

「署長はどうか、ご心配なさいませぬよう。すべては、私共で処理いたします」

「処理してもらうのは構わないのだが、一応、詳細も知っておかないと」

「何をおっしゃいますか。署長はそのような些細《ささい》なことに気を煩わす必要などありません。万事、こちらで処理しておきますので」

「しかしねぇ」

「書類にハンコは押していただけましたでしょうか。本日午後からは、防犯協議会の会合、秋の交通安全週間に向けた協議がございます。明後日からは署長会議もありまして、その資料がまもなく回ってくるかと思いますので、目を通しておいていただければと思います」

「そう……」

佐所の口調は表面上穏やかながら、有無を言わせぬ強さが秘められている。キャリアの若者を内心で小馬鹿にし、妬《そね》み嫉みが卑屈な作り笑いに取って代わり、実は自分自身が署全体を牛耳っているのだという幻想に酔う。

そんな歪《ゆが》んだ者たちは、副署長だけではあるまい。誰が敵で誰が味方なのか、慎重に見極めたいところだったが、残念ながら今は時間がない。

「いろいろあるけれど、よろしく頼む……」

「はい。お任せを」

「……と言いたいところだが、本当に大丈夫なんだろうね」

佐所はニヤリと笑う。

「お任せ下さい」

「しかし、君一人でできることなど、たかが知れているだろう？」

「何をおっしゃいますか。私一人ではありません。この署全体が、署長をお守りするために、動いております」

彼の言葉とは裏腹に、やがて隠蔽の事実は暴かれ、北新宿署の信頼は崩壊する。

「詳細を聞きたいな」

「はぁ？」

佐所の顔色が変わる。

「どうした？　署長である私が管内で起きた事件について、報告を求めているんだ。そんなに驚くことはないだろう」

「いや、しかし、これは事件というか、何というか……」

佐所は眉間に皺を寄せ、椅子に座るいずみをじっくりと観察する。

「昨日とはその……おっしゃることが違いますので」

「隠しきれるなどと本気で思っているのか？　それは君の思い上がりじゃないのか？」

「いえ、それは……」

「一度、現場を見たいな」

「はぁ？」

「副署長、君は『はぁ？』が多いな」

「も、申し訳ありません。しかし、それだけはお止め下さい。署長自らが現場に足を運ぶなど……」

「自分の部下が自殺したんだ。せめて現場で手を合わせてやりたいじゃないか」

佐所はもはや涙目になっていた。

「署長、自制して下さい。そんなことをしたら、マスコミが……」

「何をしたって、すぐにバレるんだよ」

「そんなことはありません。我々署員一丸となって……」

「轟巡査部長は独身だったな。ご家族は？」

「出身は山口県でして、いま、両親がこっちに向かっているとのことで……」

「倉城護巡査はどうしている？」

佐所は口を真一文字に結び、わなわなと首を左右に振る。意外と判りやすい男だ。

「いるのか？　署内に」

また首を振る。

「いるんだな？　署内に」

まだ首を振っている。

「はっきりと答えたまえ！」

いずみは拳でデスクを叩いた。

ひぇっと佐所は奇声を発し、首を振るのを止めた。

「ええ、そのぅ、一応、署内におります」

「会いたいな」

立ち上がったいずみの前に佐所は両手を広げて立ち塞がった。

「お止め下さい。署長自ら、そんなことをしても……」

「どきなさい」

佐所を押しのけ、署長室を出た。

北新宿警察署は五階建て。築はかなり古く、廊下は板張りで、ツンと油の臭いが鼻をついた。天井も低く、圧迫感が強い。もともと二〇〇〇年に建て替え予定であったが、轟の自殺に端を発した不祥事で頓挫、新庁舎の完成は二〇一〇年まで待たねばならなかったはずだ。

廊下には夏の暑さが満ちていたが、各部屋にはエアコンが導入済みであるらしく、涼やかな空気が流れてくる。

事件のせいか署内各所の空気は重く、ピリピリとした緊張感に満ちていた。そんな中を進む署長の姿に、皆がはっと息を呑む。

階段を勢いよく下りてみるが、年齢が若いせいか、前回のような目眩は感じなかった。

二階の市民相談センターを訪ねる。受付カウンターにいた女性警察官が、ぴょこんと飛び上がり、たどたどしく敬礼をした。

「署長！」

「倉城護巡査がここに来ているね？」

「はい！　六番に」

人目につかぬよう隔離するにはここが一番と踏んで来てみたが、図星だった。

「会わせてもらうよ」

女性が敬礼すると同時に、奥のドアから黒縁メガネの中年男性が飛びこんできた。階級は警部。地域課長だった。

「あのあの、署長！」

汗だらけで、制服が体にべったりとはりついている。

「地域課長、ええっと、君の名前は……」

「田中《たなか》です」

「田中課長、倉城巡査に面会したいのだが」

「いや、署長自らそのようなこと……。我々にお任せいただければと思います」

「面会しても、問題はないでしょう？」

「そりゃ、問題はございませんが」

「では、そこをどきなさい」

田中は泣きそうな顔になって、額の汗をハンカチで拭っている。

「署長！」

廊下側のドアから、鋭い目つきをした背広の男性が入ってきた。その佇《たたず》まいから、刑事課長であると察しをつける。

「来週からの防犯協議会の議事録について、ご相談があるのですが」

よくもまあ、次から次へと。

「後にします。今は、こちらを優先したい」

「しかし、こちらも急ぎでありまして……」

「いい加減にしろ！」

いずみは声を張り上げた。部屋中の動きが止まり、空気が張り詰めた。

なるほど、これが「署長」の威力か。

「署長である自分がなぜ、君らの指図を仰がねばならんのだ。地域課長、そこをどきなさい。刑事課長も持ち場に戻りなさい」

うなだれた田中が、シオシオと道を開ける。いずみはまっすぐ、「6」のプレートがかかるドアをノックした。

「どうぞ」

か細い声が答える。

「入ります」

いずみの姿、いや、湯山署長の姿を一目見た倉城は、「ひっ」と喉を鳴らした後、直立不動となった。

「楽にして、座りなさい」

そう言いながら、いずみは彼の向かいに腰を下ろす。倉城は依然、立ったままだ。

「それでは話ができない。座りなさい」

「はいっ」

ぎこちない動作で、椅子に座る。生真面目《きまじめ》な熱血漢。いずみは彼をそう分析した。

「倉城巡査、君に一つ、頼みがあるのだ」

「は、何なりとお申しつけ下さい」

「私を現場に連れて行ってくれ」

「は？」

「轟巡査部長が命を絶った場所に、連れて行って欲しいのだ。私は彼の自殺に疑問を感じている」

倉城はバツが悪そうに目を伏せる。

「いえ、そのぅ、轟巡査部長は、その、間違いなく自殺だと……」

「そのように言えと、命令されたか？　副署長か誰かに」

「い、いえ、それは……」

「副署長の命令には唯々諾々と従うのに、署長の命令には従えないと？」

「いえ、決して、そのようなことはありません」

「では、頼む。少しの間、君には私の相棒となって欲しいのだ」

三

現場となった公衆トイレは、ブルーシートで目張りがされ、立入禁止を示すテープが張ってあった。公園自体も封鎖されており、そこここに制服警官が立っている。

道端のあちこちでは、近所の住民と思《おぼ》しき人々が、顔を寄せ合っては小声で何事かを話し合っている。その周りをウロウロしているのは、マスコミの連中に違いない。

「まずいですよ。こんなところに署長が出ていったら、ただではすみませんよ」

近くに駐めた車の中で、倉城が言った。彼がハンドルを握り、いずみは助手席に座っている。

「変装くらい、すべきだったかな」

「そんなのすぐバレますよ」

「しかし、現場を厳重に封鎖したりして、これではかえってマスコミの目を引くじゃないか。これでどうやって轟巡査部長の自殺を隠蔽できると言うんだ？　本部だって黙ってはいないだろうに」

「その辺のことはよく判りません。すべて佐所副署長が取り仕切っておられるので」

また副署長か。佐所の油断ならないニタニタ笑いが脳裏に浮かぶ。

「佐所副署長とは、どういう人物なんだ？」

倉城は目をぱちくりさせる。

「署長は副署長の経歴について、ご存じないのですか？」

「い、いや、通り一遍のことは知っている。だが、彼のような人物には、決して表に出ない、そう、言わば裏の履歴のようなものがあるのではないかな」

倉城の目が驚きに見開かれる。

「署長がそこまでご承知だったとは」

「話してくれないか。かばう必要はないだろう」

「いえ、自分も詳しくは知りませんが、現場からのたたき上げで、上層部にもかなり顔が利くと。人事部とも深い繋がりがあり、そのせいか、もう七年間、異動もなく、当署の副署長を務めておられます」

「北新宿署の署長は、キャリアの腰掛けポストだ。実務は副署長が回すことになる。そのことを恩義に感じたキャリアの面々が、副署長の後ろ盾になる。そういうことか」

倉城はどう表情を繕ったらよいかわからぬ様子で、「はぁ」と頭をかきながら、下を向いてしまう。

ここまで強気な隠蔽に走ったということは、副署長には何らかの勝算があったとしか思えない。しかし、現実にはすべてが裏目に出て、署長、副署長をはじめ、多くの者が責任を取らされ処分。ほとんどが依願退職に追いこまれることになる。

佐所副署長も退職し、その後、行方不明となっていたのではなかったか。

倉城が一度止めた車のエンジンをかける。

「あまり長く駐まっていると、人目を引きます。いったん、ここを離れます」

「判った。どちらにしろ、公園に入るのは無理だな。昨夜の状況について、君の知るところを話してくれないか。運転しながらでいい」

「はい」

倉城はハンドルを切ると、そのまま大通りへと車を走らせた。

通りは渋滞が激しく、快適なドライブとは言えない。そんな中、倉城はこちらの真意を測りかねているようで、口は重いままだった。

湯山俊彦が普段からどのような署長であったのかは、判らない。それでも、こうして倉城の態度を見ていると、決して、親しみやすく尊敬できるリーダーではなかったと想像できる。

「倉城巡査、君がとまどっているのは判る。しかし、今は非常時だ。このままでは、北新宿署が崩壊してしまう。私は署長として、何とか救いたいのだ。疑問もあるだろうが、今はすべて忘れて、私に知っていることを話してくれないか」

信号が変わり、車が流れ始める。

倉城はアクセルを踏みつつ、何事かを決意したように、一人、うなずいていた。

「深夜の午前二時三十四分、公園付近に不審者がいるとの通報を受け、現場に臨場しました。公園周りは街灯も少なく、一時は不良のたまり場になっていたこともあります。最近ではもっぱら、ホームレスの居座りが問題となっていました」

「現場に到着した後、君は轟巡査部長と二手に分かれたのだね？」

「はい。不審者と言っても恐らくホームレスだろうと轟巡査部長に言われ、手分けして公園周りをくまなく当たることとしました。轟巡査部長が公園内を、自分がその周り一帯を担当しました」

「その担当割りは、轟巡査部長が決めたんだね？」

「はい。集合時間を十五分後と決め、分かれました」

「轟巡査部長はその後、公園内のトイレで拳銃を使って、自殺した。銃声は聞かなかった？」

「はい。不審者の気配もないので、少し範囲を広げ、パトロールしていましたので」

「公園内に、君たち以外に人は？」

「自分の確認した範囲では、一人もおりませんでした。気づいたら、真っ先に声かけをしています」

信号が赤に変わり、車はゆっくり停止する。約二十年前の世界だが、驚くほど大きな変化はないように見える。道行く人々は、どこか不安げで忙しく、一方で、若者たちの表情はうらやましいほどに明るい。大きな違いは、携帯電話を手に歩いている人の少なさだろうか。スマートフォンは登場前であり、いわゆるガラケーは、インターネットに接続できるようになったばかり。歩きスマホなどという言葉も存在しない。

「署長？」

外に気を取られていたいずみは、倉城の声で我に返る。

「外に何か珍しいものでも？」

「い、いや。別に。人々の顔には、まだ希望と明るさがある。何とも切ないねぇ」

「まだ、とはどういうことでしょうか。たしかに、失われた十年などと言われてはおりますが……」

「何でもない、忘れてくれ。質問に戻りたいのだが、遺体発見の経緯を頼む」

「十五分後に集合場所に戻りましたが、巡査部長の姿はなく、数分待って、公園内を捜しました。それで……用足しかもしれないと思い……公衆トイレに向かったところ……」

「遺体を見つけたか」

「いいえ、その前に通報を行いました。真ん中の個室の扉下部から大量の血液が流れており、ただごとではないと思いましたので。ただ、じっと待っていることはできず、通報後、独断でドアを開けました」

「個室の鍵はかかっていなかったのか？」

「はい。鍵は壊れておりました」

「個室は全部でいくつあった？」

「三つです」

「三つとも鍵は壊れていたのか？」

「いいえ、私自身が確認したわけではありませんが、壊れていたのは、真ん中の個室だけだと聞いています」

「判った。遺体の状況はどうだった？」

倉城は唾を飲みこみ、少し間を空けた後、乾いた声で答えた。

「頭部は損傷が激しく、轟巡査部長とは確認できないほどでした。遺体は便器の上に仰向けの状態となっており、これは、便器に腰掛けた後、銃口をくわえて発砲したため、衝撃で背後に吹き飛んだものと……」

「判った、もういい」

「壁は飛び散った血痕等で……」

「もういいと言っている」

「はい」

唇は色を失い、ハンドルを握る手はかすかに震えている。彼は今後も、この光景を抱えて生きていかねばならない。心の傷も浅からぬものがあるだろう。大志を抱いて警察官になっただろうに——。彼の将来を思うと、何ともやりきれない思いだった。

それでも、きかねばならないことはまだ残っている。

「轟巡査部長は自殺したと思うか?」

再び動き始めたばかりの車が、ぐらりと揺れた。

「す、すみません」

「気にしなくていい。私の質問に答えてさえくれたら」

「……しかし」

「率直な答えが聞きたいのだ。警察官としての」

精いっぱいの貫禄《かんろく》をこめたつもりで、いずみは訴えた。

倉城の逡巡《しゅんじゅん》は、見ていて気の毒になるほどだった。心の内で手を合わせつつ、答えを待つ。

まもなく、倉城は強い意志をこめた口調で言い切った。

「先輩が……自殺するはずはないと思います」

「その根拠は?」

「先輩とは多くの時間を過ごしました。何かに悩んでいる様子もありませんでしたし、そうしたことを相談された記憶もありません。面倒見が良く、生真面目で、自分の知る限り、私生活に問題があったとも思えません」

「あえて意地の悪いことを言わせてもらうが、それは君の主観だ。人は見かけによらないものと言う。轟巡査部長には人知れぬ悩みがあったのかもしれない」

「たとえそうだとしても、昨夜は絶対に自殺なんてしないと思います」

思いがけない言葉が出た。興奮が表に出ぬよう気遣いながら、いずみは尋ねる。

「なぜ、そう思う?」

「昨夜先輩は、右手首に画用紙で作ったリングをつけていました。クレヨンで『ミサンガ』って書かれた」

「話が見えないな」

「先輩、非番の日は、管内の教会でボランティア活動をしていたらしいんです。神父さん以外には、身分を隠して」

「彼はクリスチャンだったのか？」

「いいえ、そうではなかったようです。ただ教会には、家庭環境がよくなかったり、貧しくて食事もままならなかったりする子供たちが集まっていたようで、その世話をしたり、時には食事を作ったりもしていたと」

「そのことを署の人間は知っていたのか？」

「いいえ。自分も昨夜、初めて知りました」

「そうか……。立派な警察官だったんだな」

「ミサンガと書かれたリングは、臨場直前、交番に神父さんが届けてくれたものでした。子どもの一人がお礼のつもりで作ったのだと。先輩、うれしそうにリングを手首に巻いていました」

「通報が入ったのは、その直後なのか？」

「はい。先輩はリングをつけたまま、自転車にまたがりました。そんなことがあった直後に自殺するとは思えません。しかも、子供からもらったリングを巻いたまま。リングは血だらけで、ボロボロになって床に落ちていました」

「その件は、報告したのか？」

「いいえ。故人の意思を思うと、公にしてよいものかどうか」

「いずれ教会の関係者が明らかにするかもしれないが、それまでこの件は、君と私の胸にしまっておくとしようか」

「はい」

渋滞を抜けた車は、さらに署の周辺をぐるぐると回る。

倉城が落ち着きを取り戻したのを見て、いずみは、ふたたび口を開いた。

「もう一度確認したい。公園に臨場した際、轟巡査部長に自殺を示す兆候はまったくなかったのだな?」

「はい。自分はまったく気づきませんでした」

「思い当たる動機もなく、兆候もなく、遺書もない……か」

「しかし副署長は、最初から自殺と決めつけ、マスコミ対策として現場を封鎖しています。自分は正直、不満を覚えます。徹底した現場検証を行い……」

「自殺ではないとするならば、轟巡査部長はなぜ死んだのか? 君に何か考えはあるか?」

「い、いえ、それは……」

倉城は言い淀む。いずみは続けた。

「自殺でないのならば、事故か他殺。銃を口にくわえての事故というのは、考え難い。となれば、他殺と考えねばならない」

ハンドルを握る倉城の手に力が入るのが判った。

「そう言い切れるだけの勇気が君にあるのか? ミサンガのリング以外に、根拠はあるのか?」

「い、いいえ」

「なら、不用意な発言は慎むことだ」

「申し訳ありません」

そう窘《たしな》めたものの、いずみの心は大いに動いていた。

自身に与えられた時間は一日だけだ。この時代に飛ばされ、この事件に関わることとなった理由は不明のままだが、すべてに失敗し元の時代に戻されたとき、いずみに待っているのは爆発による死しかない。

轟の死は自殺と処理され、その二十数年後、さらなる大事件を引き起こすトリガーとなった。その悲劇的な未来を変えることが自分の使命であるのなら、事件の前提部分から洗い直していく必要があるだろう。

疑念はいくつもある。状況が明白とはいえ、やはり自殺と断定するのは早すぎる。そこに副署長の意思が強く働いているのはなぜか。

轟巡査部長の死が他殺であったと仮定した場合、動機は何なのか。

疑問はまだある。自殺に見せかけた他殺であったとするなら、犯人はなぜ銃を使ったのだろう。ほかにも色々とやりようがあったであろうに、なぜ、もっともセンセーショナルな拳銃自殺に見せかけるという方法をとったのか。

「署に戻ろう」

いずみは言った。

四

「何処に行っていた？」

署長室でいずみを迎えたのは、副署長ではなく、やけに高圧的な男だった。五十前後の赤ら顔の男で、鼻がでかく、首は短い。男前とは到底言い難い顔付きだが、本人はそう思ってはいないようだった。高級なスーツにダークレッドのネクタイをしめ、薄くなった頭髪を油でカチカチに固めている。

「失礼ながら、どちらさまでしょうか」

そう尋ねたいずみの顔を、男は穴が開くほど見つめた後、実に下品な高笑いを始めた。

「これは驚いた。おまえも冗談が言えるようになったのか」

男は目にうっすらと涙を浮かべて笑っている。

「実の父親に向かって、どちらさまでしょうか、だと？　こいつはおかしい」

「おおっと」

いずみはとっさに壁の方を向き、表情を整える。

父親って何よ。どうして、そんなものが、署長室ででかい顔をしているわけ？

「まあかけろ」

父親は既に来客用ソファに腰を下ろしている。この部屋の主は私だぞ。心の内で毒づきながら、向かいに座る。

「まったくおまえは、本当にどうしようもないヤツだよ」

その言葉が冗談ではないことは、彼の表情が物語っている。

「長男の武彦《たけひこ》は私の後を継ぎ、大蔵省で立派にやっている。次男の清彦《きよひこ》は通産省だ。そこにいくと……」

父親はくるりと首を回し、部屋を見渡した。

「警察庁か。まあ、こんなものだな」

いったい、自分は何を言われているのだろうか。現在は人の人生を間借りしているだけの状態だが、父親の言葉は赤の他人でありながら、いずみの心をざくざくと抉《えぐ》っていく。

「末っ子だからと甘やかし過ぎたか。東大の不合格通知が来たときには、いやはや……。祖父の代から続いてきた流れがおまえで断ち切られた」

ノックと共にドアが開き、副署長が恭《うやうや》しく礼をしながら入ってきた。

「湯山守彦《もりひこ》様、ようこそ」

「おお、佐野《さの》副署長、息子が世話をかけているな」

名前を間違われても、副署長の笑みは消えない。

「何の何の。我々こそ、ご子息には助けられております。歴代の署長の中でも、群を抜く優秀さであらせられます」

「湯山家の中では不出来な男でね。世話をかける」

「何をおっしゃいますやら。ところで」

副署長が上目遣いに、守彦の顎のあたりをのぞきこむ。持ち前の眼力で、頭の中を透視してやろうとがんばっているような動きだ。

対して守彦は、取るに足りない虫がまとわりついているのを、哀れみをこめて見下ろすような仕草で応える。

「実は、この署で少々問題が起きていると小耳に挟んだものだからね」

「さすが、もうお耳に入りましたか」

「不祥事だそうだが、息子に累が及ぶようなことはないだろうな」

「それはもう。署長には一切、傷がつきませぬよう、我々、努力しておるところでございます」

「頼りない息子でね。何とかレールに乗せたと思ったら、この始末だ。能力もそうだが、運もない男のようだ。困ったねぇ。いずれにせよ、しっかり頼むよ。最悪、処分が免れぬことになったとしても、私や他の息子にまで累が及ぶようなことは……」

「判っております。累が及ぶようなことにはいたしません」

「それを聞いて、安心したよ。さてと」

守彦はゆっくりと立ち上がる。

「これからどちらへ？」

「真田郁太郎に会う。まあ、いろいろと面倒なことだ」

「承知しました」

「じゃあ」

座ったままの息子を一顧だにすることなく、守彦は署長室を出て行った。

ドアが閉まる音と共に、副署長は手をシコシコと摺《す》り合わせながら、いずみに歩み寄ってきた。

「立派なお父様でいらっしゃいますなぁ。まあ、少々、物言いのきついところはおありになりますが、あれで、署長のことがご心配なのですよ。ですから、わざわざいらしたのです」

下心見え見えの浮いた言葉は、いずみの耳を素通りしていく。

真田郁太郎。その名前にも、聞き覚えがあった。いつ、どこで？　捜査資料の入力のときか？最近の入力だと、やはり轟巡査部長の自殺事件――。

違う。

はっと顔を上げる。その後だ。湯山の起こした警視庁爆破事件。くだらないと流し見していたテレビのワイドショーだ。そこに映った写真の名前が、真田だった。

殺された出入業者。殺害され、入館許可のパスを奪われた。

「ちょっと待て！」

部屋を出て行こうとした副署長を呼び止める。副署長はふて腐れた様子で、いずみの前に戻ってきた。

「何か御用でしょうか。お邪魔かと思い退出しようとしていたところですが」

「真田というのは、どういう人物だ？」

「は？」

「真田だよ。湯山守彦が……いや、父が会うと言っていた男だ」

「えっと、署長、真田郁太郎をご存じないのですか？」

「ああ、知らない」

「投資家として、大成功していて、毎日、テレビにも出ているでしょう」

「さあ、テレビはあまり見ないので……」

いずみは懸命に記憶を手繰るが、真田の名前は浮かんでこない。

副署長は嫌み半分な笑みを浮かべる。

「まあ、学業に忙しく、テレビなんぞ見る暇はなかったのかもしれませんがね。不動産や株式投資で百万の元手を億にまで増やし、今年、銀行を退職して、真田ファンドを立ち上げた人物ですよ」

真田ファンドがきっかけとなり、ようやく朧気ながら、記憶がよみがえりつつあった。

真田及び真田ファンドは、二〇〇〇年代前半まで、積極的な投資でバブル崩壊後の寵児《ちょうじ》と持てはやされた。しかし、カリスマ経営者である真田自身の女性スキャンダルなどによって求心力を失い、日本の景気低迷なども重しとなって、二〇一〇年前後には破綻、解散していたはずだ。

結果的に真田ファンド自体がバブルのようなものという皮肉な結末により、いまでは真田の名前など思いだす者もいない。

恐らく彼は、その後も投資などの世界に戻ることは叶《かな》わず、地道な職につき暮らしてきたのだろう。

その真田の名前が守彦の口から出たこと、湯山による警視庁爆破事件の被害者の一人となっていること。これが偶然とは到底、思えない。

しかし——。いずみは頭を捻《ひね》る。

巡査部長の自殺事案に、真田がどう関わるというのか。

「あの、署長」

いずみの眼前で、副署長が手を振っている。

「お疲れのようですが……。何でしたら、本日はお休みになっては？」

副署長の申し出を無視し、いずみは彼に向き直った。

「あらためてきく。あなたは、轟巡査部長の自殺を、本気で隠蔽できると考えているのか？」

副署長の顔色が変わる。

「署長、隠蔽などという言葉を使われましては……」

「言葉遣いなどどうでもいい。隠蔽は隠蔽だ。私は公園周辺を見てきたが、既にマスコミも多数集まっているようだ。隠し通すことなどできるわけがない。ならばいっそ、こちらから真実を話し、傷口を広げる前に対処すべきと考えるがどうだろうか」

「署長」

副署長の顔からは、先までの阿《おもね》りが消え、人を冷たく見下す傲慢の影がくっきりと浮き上がっていた。

「署長はそのようなこと、お考えにならなくともいいのです。私にお任せいただければ。あなたに傷はつけず、送りだしてご覧にいれますので」

「それは本当なのか？　私は正直、君が信用できない」

そこまで言っても、副署長の態度は揺らがなかった。

「署長がどのようにお感じになろうと、私の職務に変わりはありません。私の職務とは、あなたを無事に送りだすこと。ただ、それだけですから」

彼はツカツカといずみに歩み寄ると、いきなり制服の襟首を摑み、顔を近づけた。

「もう少しだけ、大人しくしていただけますか。湯山家の落ちこぼれとお父上より承っておりましたが、やはりその通りのようですな」

ヤニ臭い息が吹きかかり、いずみは顔を顰める。

「ま、今まで通り、すべて私にお任せ下さい。いいですね」

いずみの肩を軽く叩くと、副署長は満足げな笑みと共に退出する。

このような屈辱的な扱いを、今までも湯山は受けてきたのだろう。その挙げ句、最後には責任を取らされ、警察を放逐された。

二十年余りの月日を経て、彼が警視庁への復讐劇を敢行した心持ちが、薄《うつす》らとではあるが、理解できた気がする。

湯山に凶行を決意させたのは、真田の境遇を知ったことだったのかもしれない。真田が出入業者となり、入館許可証を持っている。そのことを知った湯山は、許可証を利用して警視庁への復讐を決行した。本来なら、復讐の第一ターゲットは佐所副署長であるべきだが、彼は行方不明だ。そこで、総本山である警視庁に怒りの矛先を向けた……。

本庁舎を崩壊させるほどの激しい爆発。史料編纂室に迫る炎。このままだと、いずみ自身も死んでしまう。

腹に力を入れ、時計を見た。午後四時二十分。この時代にやって来たのが午前八時ちょうどだったから、残り約十六時間。大丈夫、まだ時間はある。

しかし、いったい何をすればいいのだろう。

唯一の手がかりとなるのは、真田郁太郎だ。

スマホがあれば、チョチョイと検索できるのに……。何とも不便な時代だ。

こういうときは、相棒に頼るべきだろう。

いずみは署長室を出ると、地域課へと向かう。階段を下り廊下を数歩進んだところで、顔を真っ赤にしてこちらに向かってくる田中地域課長とかち合った。

「うわっ、署長！」

「ちょうど良かった。これからうかがおうと思っていたところです。倉城巡査をまたお借りしたいと思いまして」

顔が赤いのは緊張のためらしい。頰から額にかけ、ますます赤みが増す。

「それが署長、ええ、倉城はですね、しばらく寮にて謹慎ということになりまして」

「謹慎？　それはどういうことです？　まさか、私と出歩いたため……」

「いえ、そうではありません」

田中は左右に目を走らせる。人に聞かれたくない内容らしい。

「では、署長室に行きましょうか」

いずみは来た道を戻り始める。田中は「はぁはぁ」と息も荒くついてくる。こんなことで課長が務まるのだろうか。

先まで湯山守彦が腰を下ろしていたソファに座り、向かいに田中がちょこんと浅く尻を乗せる。

「それで、倉城巡査について何か?」

「実は、このようなものが……」

テーブルに置かれたのは、私服姿の倉城と彼より少し年上の女性が、喫茶店で談笑している写真だった。二人の間には適度な距離があるが、互いに向ける笑顔は無防備で、自然な感じであった。

「この女性は誰なのですか?」

田中は言いにくそうに唇をヒクヒクさせた後、喉に詰まった石でも吐きだすように言った。

「当署交通課の後藤《ごとう》はるみ巡査長です」

嫌な予感がした。

「それで、後藤巡査長というのは……」

「旧姓は萩本《はぎもと》。三年前に、赤坂東《あかさかひがし》署刑事課の後藤三郎《さぶろう》巡査部長と結婚しております」

「人妻か。つまり、倉城巡査と後藤巡査長が不倫関係にあったとでも?」

「いえ。確証あっての話ではありません。ただ、このような写真が私の許に届いたということは……」

「写真はどのようにして届けられたのです? 郵便ですか?」

「いえ。私のデスクの上に」

「あなたのデスク？　ここは警戒厳重な警察署ですよ。となれば、写真を置いたのは、内部の人間としか思えない」

「はぁ……」

「それに、地域課と交通課は連携して職務に当たることも多い。両人が一緒に仕事をすることもあったでしょう。そうではないですか？　例えば、非番の日に偶然、町で会い、コーヒーを飲む。そのくらいのことはするのではないですか？」

「はぁ……」

「この写真一枚であれこれ判断するのは、性急すぎる。本人たちには、聞いてみたのか？」

「はい。両人とも、ただいま、署長がおっしゃった通りのことを答えました。非番の日に偶然会っただけだと。後藤三郎巡査部長もこのことは知っていたとも」

「本人がそう言っているのに、謹慎は厳しすぎるのでは？　後藤はるみ巡査長も同じ処分なのか？」

田中はうなずきながら言う。

「今は非常時です。このようなことをマスコミに嗅ぎつけられたら、好き放題、書かれます。そうなったら、当署はもちません」

そう言われると、いずみにも返答のしようがない。地域課長の頭の中は、「保身」でいっぱいなのだろう。

不満ながらも、いずみはうなずいた。

「謹慎はあまりに厳しすぎる。病欠か有休か、どちらかにしておきなさい」

「はい」

田中は何度もしつこいくらいにお辞儀をして、逃げるように出ていった。

この写真、課長のデスクに置いたのは、おそらく副署長だ。倉城を封じるために違いない。このようなネタが即座に出てきたこと、それはつまり、副署長の情報収集能力が桁違いであることを示している。このようなネタをいくつも抱えているに違いない。

いずみは署長の椅子に深く身をゆだねた。

打つ手なし。刻々と時間だけが過ぎていく。

轟巡査部長の死には、間違いなく副署長が絡んでいる。

しかし、彼の死によって副署長にどんな得があるのか。まるで判らない。

署長室には誰も入ってこない。それもまた、副署長の差し金かもしれない。

あっという間に二時間が過ぎていた。

結局、いまいずみにできることは一つしかない。

デスクの一番上の引き出しを開く。携帯電話があった。形は小さく、画面も小さい。記憶を頼りに、操作方法を探る。

着信履歴を何とか表示させた。驚くほど少なかった。この一週間で着信はただの一度だけ。そこには、「湯山守彦」の名前があった。

五

雑居ビルの地下へとつづく階段を下りると、小さなドアがあった。看板も何もない、すすけた赤い色のドアだった。

中に入ると、薄暗い空間が広がる。濃い葉巻の煙の向こうにカウンターがあり、その中からひょろりと痩せた男がじっとこちらをうかがっていた。

スツールが七脚並び、真ん中にどっしりとした背中が見える。ほかに人の姿はない。

いずみが近づいていくと、カウンター向こうの痩せた男は顔を伏せ、音もなく姿を消した。

「やあ、副署長」

いずみは声をかけ、スツールに腰を下ろす。

スコッチのグラスを手にした佐所は、「おっ」と低い声を上げた。カウンター上の灰皿では、吸いかけの葉巻が薄い煙を上げている。

佐所と肩を並べたいずみは、あらためて店内を見渡した。客席はこのスツール七脚のみ。音楽はかかっておらず、照明もギリギリまでしぼってある。

「いい店を知っているじゃないか。静かで落ち着ける。歌舞伎町《かぶきちょう》の近くに、こんな気の利いた店があったとは」

いずみに酒の善し悪しは判らないが、カウンターのストッカーに並ぶ酒は、どれも高級品に見えた。葉巻も最高級品に違いない。

「会員制なんだろう？　私も入会したいな。推薦してくれないか？」

「署長はお飲みにならないでしょう？　葉巻はおろか、タバコもたしなまれない」

「君から見れば、さぞ面白くない男に見えるだろうな」

「そんなことはありません。ただ、少々、哀れではありますな」

「哀れ？」

「世の楽しみを何も知らない」

自然と笑みがこぼれた。湯山の持つ鬱屈と悲しみが、いずみにも理解できたからだ。

「今回の件では、いろいろと勉強させてもらいましたよ、副署長」

「私の方こそ」

佐所はグラスを置いた。溶けた氷が音をたてる。中身はほとんど残っていない。

意を決した眼差しを、佐所はいずみに向けた。

「この半日、署長は人が変わったようだ。まさか、これほどの機転と行動力をお持ちの方であったとは」

「意外だったかね?」

「もちろん。私が仕えてきた署長たちは、どれも張りぼてばかりだった。見てくればかりで中身はってヤツですよ。あなたなんて、その最たるものだと思っていたんですが」

自分が成り代わっている間、当人の意識はどうなっているのだろうか。もし湯山本人がこの言葉を聞いたら、どう反応するのだろうか。

それを確認する術は、いずみにはない。

副署長は空になったグラスを寂しげに見下ろした後、言った。

「よくここが判りましたなぁ」

「これでも署長なのでね。少し調べれば、判る」

「参った、参りましたぁ。うちに来る署長が皆、あなたのようだったら……」

「こんな事をする羽目にはならなかった?」

副署長は顔を顰める。いずみは言うべき一言を、彼にぶつけた。

「轟巡査部長を殺したのは、あなただ」

「ふん。何を言うかと思えば」

「轟巡査部長の自殺には、納得し難い部分が多々あった。それを君は強引に自殺と決めつけた」

「納得し難いって、あれは自殺ですよ。誰が見ても」

「遺書がなかった」

「そんな事例はいくらでもあります」

「そもそも彼には、自殺するような動機がなかった。プライベートでも仕事でも、そんなものは見当たらない」

「人の心ってのは複雑ですからね。傍目《はため》には判らないものですよ。署長は轟の何を知っているっていうんです」

「しかし彼は、教会で恵まれない子供たちのためにボランティアをしていた」

「それは初耳です。しかしそんな警察官はたくさんいます」

「彼はその子供たちから贈り物をもらったばかりだった。その直後に自らの顔を撃ち抜いたりするだろうか」

「ミサンガですか。それだけ切羽詰まっていたってことでしょう。子供たちの思いが通じなかったのは、残念だけれども」

「不審者の通報を入れたのは、あなた自身だ。どのタイミングで通報を入れれば、轟巡査部長が臨場するか、あなたなら判る。公園で一人になった轟巡査部長に近づくことも容易だ。理由はいくらでもつけられる。近づいたところで、彼を殴り倒すことだってできた。個室に運びこみ、銃をくわえさせ発砲することも」

「警官なら銃の扱いもお手の物だから……か」

「しかしあなたはここでミスを犯している。真ん中の個室は鍵が壊れていてかからなかった。鍵の件に気づいたのは、発砲してからでしょう。鍵をかけ、個室の壁をよじ登り、隣の個室に移動、そこから外へ……という計画だったはずだ。自殺する者が、鍵の確認をおこたるとは思えない。しかし今さら、別の個室に移動させることはできない。あなたはやむなく、そのままトイレを後にしたんだ」

「すべては署長の推論ですよ。証拠はない」

「いや、あなたは既にもう一つ、ミスを犯している」

いずみはポケットからICレコーダーをだした。いずみが知るものより、形がごつく、重い。充電式ではなく単四電池を入れる方式だから、当然といえば当然だ。

スイッチを操作し、目的の箇所を再生する。

『ミサンガですか。それだけ切羽詰まっていたってことでしょう』

いずみは停止ボタンを押す。

「轟巡査部長が手首に巻いていたのは、ただの紙。そこにクレヨンで『ミサンガ』と書いてあるだけだった。どうしてあれがミサンガだと？」

「報告書で読んだのか、鑑識の誰かにきいたのか」

「紙製の腕輪は発砲の衝撃でちぎれ、トイレの床に落ちていました。しかも血で汚れ、ミサンガの文字は読める状態ではなかった」

「署で会ったときに見たんですよ」

「轟巡査部長が『ミサンガ』を受け取ったのは、臨場直前です。それを知るのは、相棒であった倉城巡査だけ。そして彼は、『ミサンガ』の件を他言していないと言っている。副署長、あなたは何時何処で、轟巡査部長がはめていた『ミサンガ』を見たんです？」

佐所はチッと舌打ちをすると、グラスをあおり、残っていた氷をかみ砕いた。

「しかし、私には動機がない。轟を殺して何の得がある？　北新宿署は窮地に陥っていて、下手をすると、あなたも私も責任を取らされて退職だ」

「そこが判らなかったんだ。だが、ようやく糸口を見つけたよ。真田郁太郎だろう？」

佐所の体から、力が抜けていくのが感じられた。

「北新宿署は老朽化が激しい。ようやく建て替えを行うことになった。建て替えをするためには、まず必要なものがある。工事期間中の仮庁舎だ。北新宿署の仮庁舎は、民間のビルを借り上げることになっていた。いくつかの候補の中から選ばれたのは、北新宿矢代《やしろ》二丁目にある七階建ての大山《おおやま》ビルだ」

佐所は手でいずみを制すると、「失礼」と一言告げてライターを取り、火の消えた葉巻に近づけた。再びゆっくりと漂い始めた紫煙の先を見上げながら、佐所は言う。

「真田はあの一帯の土地を買い占めて、外資系ホテルを誘致しようとしている。七割ほどの土地は既に手中にあり、大山ビルを残すのみってところだった。そこに降って湧いたように、仮庁舎の話が。慌てた真田は、私に相談を持ちかけてきたってわけです」

「建て替えは決定事項だ。簡単に覆せるものではない。ただ、一つだけ手があった。不祥事だ」

「とんでもない不祥事をしでかせば、世論の手前、税金を使って建て替えをしますなんて、言えなくなる。良くて延期、下手すれば中止だ。それで、轟を使うことにした。自殺に見せかけて殺し、それを隠蔽し、しくじる。華々しい大不祥事でしょうが。全員、これでしょう」

佐所は自身の喉を掻ききる仕草をする。

「建て替えどころじゃあ、なくなる」

「なぜ、轟巡査部長だったんだ？」

「理由はありません。別に、誰でも良かった」

いずみの両拳に力がこもった。

「副署長、いや、佐所、おまえは人間のクズだな」

彼は葉巻を口にくわえると言った。

「ええ、クズですとも。この役職にいますとね、いろいろな繋がりができる。出入りの業者や管内の商店主、果てはスジモンとかね。ズルズル沼に入りこむと、もういけない。そこを真田みたいな人間に押さえられると、どうにもならんのです」

「警察を退職しても、報酬が真田からたっぷり支払われることになっていたのだろう？」

「もちろんです。それで海外に行って、顔も名前も変えて……なんて企んでいたんですがねぇ。すべては夢、幻か。惜しかったなぁ。それで署長、私はどうすればいいんですかね」

「外で本部の人間が待っている。知っていることを話すんだな」

「署長は？」

「これからすぐに、記者会見を開き、すべてを明らかにする。朝になれば、真田のリークで轟巡査部長の自殺がいっせいに報じられる手はずになっているんだろう？　その前に、こちらから明らかにする。こちらも傷つくが、傷口は小さくて済む」

「署長、あんただって、無事では済まないですぜ」

「覚悟のうえだ」

佐所は葉巻を灰皿に押しつけると、スツールを下りた。

「最後の最後に、あなたみたいな署長が来るなんてねぇ」

店の時計は午前四時を回っていた。会見の準備を急がないと。

いずみに残された時間は、決して多くはない。

六

記者会見は北新宿署内の講堂で行われることとなり、いずみは開始時刻をジリジリとした気持ちで待っていた。

午前七時三十分。この時代に来てから、あと三十分で、丸一日となる。

それまでに何とか会見を始めてしまいたかったのだが……。

署長室に座り、ぼんやりと、「聲なきに聞き、形無きに見る」の額を見上げる。

果たして、これで良かったのだろうか。

轟巡査部長殺害の犯人は見つけだしたものの、全体の状況にあまり変化はない。結局、湯山署長は不本意な形で警察を追われることとなる。

今後、彼の人生は変わるのだろうか。あるいは、まったく変化なく、警視庁爆破へと突き進むのだろうか。もしそうならば、戻った瞬間、いずみの命も消える。

ドアが開いた。入ってきたのは、湯山守彦だった。

前に会ったときと変わらぬスーツ姿で、険しい表情をしている。

「講堂には記者が詰めかけている。会見は荒れるぞ。まったくおまえというヤツは」

いずみは座ったまま、形だけ謝罪する。

「すみません」

「副署長はすべて自供し、真田も任意で聴取を受けているとのことだ。早晩、逮捕されるだろう」

「昨夜はありがとうございました」

「正直、驚いたよ。おまえから電話があるなんてな。しかも内容は『頼み事』だ。真田について詳しく教えてくれ。それと副署長の居所をすぐに知りたい、ときた。おまえ、本当に俊彦か？」

「ご想像に任せます」

守彦は笑う。

「ふん。ま、どちらにしろ、おまえは退職となる。今後のことなんだが……」

守彦は言葉を切る。

「おまえの好きにしろ」

「は？」

「もう何も言わん。好きな道に進め。ほら、そこに隠してある、何の役にもたたんつまらん本。それでも読んで、勝手に生きていけ」

守彦の背後でドアが開き、地域課の田中が顔をだした。

「署長、そろそろお時間です」

「判った」

いずみは立ち上がる。守彦がドアの脇にたち、仏頂面のまま息子を見つめている。

「最初で最後の晴れ舞台が謝罪会見とはな」

肩をポンと叩かれた。

「まあ、しっかりやってこい」

その瞬間、耳の奥で、シュィィィィンというあの音が聞こえた。

え⁉　今なの？　まだ、会見済んでいないんだけど。

待って……。

守彦の顔が靄《もや》の向こうにかすみ、ふわりと体が浮く。

眩《まぶ》しい光に照らされ、思わず顔を背けた途端、かすかな衝撃を覚えた。

目を開くと、そこは史料編纂室だった。ポルタが不気味な青白い光を放っている。

はっとして振り返る。ドアは閉まったままで、迫り来る炎の影はない。天井に走っていたヒビもなく、スマートフォンを見れば、警視庁立てこもりのニュースもない。

いずみは虚脱して、しばらく動くことができなかった。

止まった。爆破はなくなり、いずみも無事だ。

どのくらいそうしていただろうか、身を起こしたいずみは、ポルタに向かい、北新宿署を巡る事件データにアクセスする。

そこに現れたのは、いずみが入力したものとは、まったく違うデータだった。

轟巡査部長の死は殺人とされ、佐所副署長が逮捕されていた。佐所は犯行を自供し、裁判でも有罪が確定。二〇一五年、刑務所内で肺がんの診断を受け、医療刑務所に入院、翌年の三月に死去していた。

真田郁太郎は、殺人の共犯のほか、違法な土地取引や恐喝、詐欺などで起訴。有罪判決を受け服役していたが、二〇一九年に出所。現在はタイに本拠を移し、コンサルティング会社を経営しているらしい。彼は落ちぶれ果てることもなく、湯山に殺されることもなく、歴史の抜け道をくぐって生き延びたことになる。釈然としない思いもあるけれど、人の命を救ったことには変わりない。

北新宿署の建て替えは、一時頓挫したものの、二〇一〇年には新庁舎が完成と、歴史の改編は見られなかった。それは大山ビル周辺も同じで、真田による買い占めが頓挫した後も、別の不動産会社が再開発に乗りだし、今は外資系のホテルが建っている。事件の一つが変化しても、歴史の大枠には変化が及ばないということか。

いずみは続いて人事データにアクセスした。

もっとも気になっていたのは、湯山俊彦だった。示されたデータによれば、湯山は記者会見を独力で乗り切り、その後、自ら責任を取って辞職を発表していた。退職後は、京都科学技術大学に入り直し、研究者としての道を歩んでいた。今は英国の大学に教授として在籍しているという。

一発逆転。湯山、やるじゃないの。

いずみは笑みを抑えることができなかった。

田中地域課長をはじめ、北新宿署の上層部は叱責から減給まで全員、何らかの処分を受けた。最後まで警察に留まった者、いまも留まり続けている者、退職した者、様々だ。事件のとばっちりを受け、気の毒な思いしかないが、そうした非情さが、警察という組織の堅牢《けんろう》さを維持し続けている所以《ゆえん》でもある。

倉城は今でも警察官を続けており、今年の春から、野毛東《のげひがし》警察署の警務課長に着任していた。なおも検索をかけてみると、彼は子供食堂の運営にボランティアとして参加しており、教会が主催する行事などにも関わっていることが判った。子供たちに囲まれ、大分に老けた倉城が笑う写真が、データの中には何枚かあった。悲劇的な事件の中で、かすかに灯る光だった。

散らばった段ボール箱を積み直し、いずみはポルタに向かって言う。

「お疲れ様でした」

シュイイイインと音をたて、ポルタの電源が落ちた。

一九六八

一

ドアを手荒く叩く音が聞こえた。

入力に集中していた五十嵐いずみは、空耳だろうとしばらく放っておいた。警視庁本部地下三階にあるこの部屋に、人が訪ねて来ることなど滅多にない。この勤務についてそろそろ半年になるが、ドアがノックされたのは、ただの一度。前任者の西脇が豆大福を持ってやって来たときだけだ。

ドアがさらに手荒く叩かれた。

空耳ではない。本物だ。

キーを打つ手を止め、立ち上がる。

古びた入力専用のパソコン「ポルタ」の白い画面が、じっとこちらを見つめている。

背筋にすっと冷たいものが下りて来た。

嫌な予感がする。

ノブを回し、分厚い鉄のドアを開ける。

四角い顔の大男が、右腕を振り上げた状態で固まっていた。今まさに、三度目のノックをしようとしたところらしい。数秒、ドアを開けるのが遅れたら、いずみの鼻に拳が振り下ろされるところだった。

「う！　あ！」

民族音楽のような節回しを発しながら、白髪交じりの四角い男は、いずみの顔を見つめた。

「何か御用ですか？」

「女なんだ」

「女ですが、何か？」

「西脇はどうした？」

「退職しました」

「は？」

「辞めました」

「いつ？」

「半年ほど前です」

「あんたは？」

「後任です」

「へぇ！」

「ご用件は何です？」

「あんた、名前は？」

「人の名前をきくなら、まず自分の名前からお願いします」

四角い男はいずみを見下ろし、額の辺りを赤くさせた。「女の癖に」と心の声が聞こえてきそうな顔だ。

「神奈川県警の前川《まえかわ》だ」

所属と階級を言わなかったのは、せめてもの抵抗だろうか。

「警視庁の五十嵐いずみです」

「コマンドーだな」

「よく言われます。それで、ご用件は?」

前川は振り返って、後ろにあった台車を示す。

「こいつを届けに来た。ここを探すのに一時間近くかかった。受付できいても要領を得ない。散々きき回って、互助組合のおばちゃんが教えてくれた」

台車には白いボックスが八つ、積まれている。

「中身は捜査資料ですか?」

「そうだ。警視庁と神奈川県警が合同で捜査したものだ」

「合同捜査のものなら、こちらにも同じ資料が保管されているはずです」

前川は言いにくそうに、わざとらしい咳払いをする。

「こっちにある資料が、すべてというわけじゃない」

「と言いますと?」

「まあ、あんまり深く考えないで、ちゃっちゃと入力してくれ」

「ちゃっちゃ?」

「いや、その、あんたの仕事をバカにしているわけじゃないんだ。まあ、合同捜査でいろいろあって、うちで資料を作ったきり、渡さなかったものもあるってことだ」

警視庁と神奈川県警の「不仲」はよく言われるが、捜査資料のやり取りにまでそんな縄張り意識が?

「いつまでもそんな時代じゃないだろうってことで、上がこの資料の移送を決めたんだ。ところで、

「ここにはあんた一人か?」

「はい」

「じゃあ……」

前川は箱の一つを持ち上げ、「うんせ、うんせ」と唸りながら、部屋の中へと運び入れた。いずみのために、力仕事を買って出てくれたようだ。

「すげえ所だな。見渡す限り、箱、箱、箱」

第一印象は酷いものだったが、もしかすると、それほど悪い人ではないのかもしれない。

箱は瞬く間に、部屋へと運び入れられた。空の台車に手をかけながら、前川はそっけなく、「じゃっ」と言って、廊下を進んでいく。

「ご苦労様です」

その声にも振り向くことはない。

また一人となり、いずみは前川の置き土産を一つ一つ開いていった。ぎっしりと捜査資料のファイルが詰まっている。相当、重かったはずだ。

今までにかなりの数のファイルを入力したが、合同捜査関連は一つもなかった。こうした資料が、全国の警察に眠っていたりするのだろうか。

もしそうだとすれば、いい年をした大人、それも警察官が、まるで子供の喧嘩をしているみたいだ。まったくもって、バカバカしい。

また視線を感じた。ポルタが箱の前に立ついずみを見ている。

シユィィィイン。

「判った、判った。今日はこの箱ね」

前川が持ちこんだものの中から、一番手前のひと箱を取り、パソコンデスクの脇に置いた。

「さあ、始めようか。ポルタ」

午前中いっぱいをかけて、三件の資料を入力した。三件とも強盗事件に関するものだった。発生地は都内だが、容疑者が神奈川県に逃走。確保のチャンスを何度も逃し、何とか逮捕にはこぎつけたものの、異例の長時間逃走を許していた。

失敗の原因はただ一つ。警視庁と神奈川県警の連携ミスだ。

高いプライドと強い縄張り意識。それぞれの捜査員は情報を隠し、単独で事を進めようとした。ようは手柄を横取りされたくないだけだろうに。

いずみはキーを打ちながら、苛立ちと怒りを覚えた。

死者が出ていないとはいえ、三件の事案はすべて凶悪なものだった。被害金額も多く、後遺症が残る重傷を負った被害者もいる。事件がきっかけで人生が大きく変わってしまった者もいるだろう。

それなのに、何が縄張りよ、何が手柄よ。

頭にきて、何度もタイプミスをした。そのたび、ポルタがシュインと短く唸って知らせてくれる。

こんな内容の資料が、あと七箱も残っている。

後回しにしようか。

資料の入力順などは、すべていずみに一任されている。今日運びこまれた箱を後回しにすることも可能だ。

とりあえず、あと一件。その入力を終えたら、昼食にして頭を冷やそう。

いずみは箱に手をつっこみ、資料を取りだす。それはファイルに収められたものではなく、古びた封筒に入っていた。中身を引っ張りだしてみると、紐《ひも》で綴じられた分厚い紙の束が現れる。

表紙には、墨で「東京都及び神奈川県殺人、立てこもり事件」と書かれていた。

明らかな外れ案件だ。

しかし、一度取りだしたものを、元に戻すのはいずみのプライドが許さない。顔を顰めながらも、入力に取りかかった。

事件が起きたのは昭和四十三年だった。

いつよ、それ。スマートフォンで確認すると、一九六八年。今から五十四年前だ。

たしか三億円事件が起きた年――。あと、学生運動？　詳しくは知らないけれど。

一九六八年七月七日午前、東京都狛江市《こまえ》緒方《おがた》五丁目で質店を営む実松良衛《さねまつりようえ》五十一歳、妻春乃《はるの》四十六歳の刺殺体が発見された。また夫妻の一人娘良子《りようこ》十八歳の所在が不明であると判明、犯人に拉致された可能性が高いとして緊急手配が行われる。

付近の聞きこみにより、事件発覚直前、被害者たちと諍《いさか》いのあった男中田光雄《なかたみつお》が、良子と思われる女性を車に乗せて走り去ったことが判る。

同日午後二時五分、神奈川県川崎《かわさき》市多摩《たま》区の小田急《おだきゆう》電鉄登戸《のぼりと》駅前で、警邏《けいら》中の警官が不審者を発見、職務質問をしたところ、男性の着衣に血痕を認め、さらに事情をきこうとしたが、男は警官を突き飛ばし、逃走。人相着衣等から、男が中田光雄であると確認。神奈川県下でも緊急配備が敷かれることとなった。逃走に使われた車両、緑のサニー・クーペは、付近の路上に乗り捨てられており、車内に良子の姿は見当たらなかった。

その後、中田は向ケ丘遊園《むこうがおかゆうえん》駅付近で警官に見つかり、駅近くの白川《しらかわ》小児科医院に侵入、白川医師と看護師、診察に訪れていた母子を人質に取り、立てこもる。

中田は医院前の警察官たちに対して、自ら実松夫妻殺しを認め、動機が金銭のトラブルにあったこと、家を訪ねた際、口論となりかっとなって刺したことなどを語った。その後は一切の要求をしないまま立てこもりを続け、深夜、医院に突入した神奈川県警の警官隊によって、射殺される。三日後、多摩川において、良子の遺体を発見。遺体の損傷がひどく、死亡推定時刻はしぼりこめなかったが、所持品から中田の指紋が検出されたことなどから、拉致された直後に殺害されたものとして、結論づけられた。

やっぱり外れ、それも大外れだ。

資料には、マスコミによって報じられた、さらに後味を悪くする後日談が参考として添付されていた。

中田が多摩川方面に逃走したことを摑んだ警視庁は、当初、多摩水道橋にて検問を行い、中田の確保を狙った。しかし、神奈川県警との連絡調整に手間取り、検問設置が遅れ中田の神奈川侵入を許してしまった。さらに、神奈川県内でも追跡を続けようとする警視庁側と追跡を引き継ぐよう主張する神奈川県警との間でさらなる衝突が発生。結局、車両の追跡には失敗し、中田を見失ってしまう。彼が登戸駅前で職質されるまでの数時間、どこで何をしていたのかはいまだ判明していない。逃走車両内には拉致された良子が乗せられていた可能性もあり、もし追跡が行われ、その時点で中田の身柄が確保されていれば、良子は助かったかもしれないのだ。

すべては推測と憶測でしかないのだが、マスコミの報道により、警視庁、神奈川県警への非難が囂々《ごうごう》と巻き起こり、それぞれが不名誉な対応に追われた。

何から何までが、虚《むな》しく悲しい。

紙の束を封筒に戻し、段ボール箱に放りこもうとしたとき、パソコンの画面が白く光った。

シュィイイイン。

あ、来る。

そう思ったとき、いずみの意識は宙を飛び、無限の空間へと投げだされていた。

二

「聲なきに聞き、形無きに見る」

額を見上げながら、いずみは革張りの椅子に座っている。

三度目ともなると、もうさほど慌てることもない。あの現象がまた起きたのだ。

部屋の空気は湿気を帯びて澱んでおり、木枠にはまった窓ガラスは開け放たれているものの、風はまったく入ってこない。

白壁の時計は午前十一時ちょうどを、日めくりのカレンダーは七月七日をそれぞれ示していた。

手を伸ばし、デスクの端にあるネームプレートを取る。くるりとひっくり返し、自身の名前を確認した。

警視庁狛江警察署署長、柏田隆一郎《かしわだりゆういちろう》、五十四歳。資料入力の際、目にした名前がそこにあった。

本部管理官、野方東《のがたひがし》警察署副署長、第三方面本部副部長などを経て、現職に異動。上を見れば切りがない警察人生においては、そこそこのキャリアと言えるだろう。可もなく不可もなし。いたって凡庸な人物と言える。

ゆっくりと立ち上がり、一歩を踏みだす。年齢のわりには痩せていて、比較的動きやすい。しかし股関節が硬く、下半身はぎくしゃくとした動きになってしまう。膝もあまりよくないのか、針で刺したような痛みを感じる。署長室の床は板の間で、歩くたび、ゴトンゴトンと音をたてた。壁の鏡に映った顔は、どことなく生気のない疲れた表情だった。白髪が多く、黒縁メガネのレンズは汚れている。

午前十一時。既に実松夫妻殺害の捜査は始まっている。その一方、中田光雄が車で逃走し、神奈川県警との連携ミスで見失ったとの報告も入っている頃合いだ。精神的な疲労は相当なものだろう。だけど……。

鏡で自身の顔を見つめながら、いずみは思った。自分はいったい何のために、飛ばされてきたのだろうか。

後味の悪さはあれど、事件そのものは完全な解決をみている。また、前回のように、いずみが生きる時代に甚大な影響を及ぼす何かがあるわけでもない。

飛ばすなら飛ばすで、ヒントくらい用意しておいてよね。

遥か彼方の時代にいる「ポルタ」に念を送った。

その念が通じたのか、ノックと共にドアが開く。

恰幅《かつぷく》のよい丸顔の男が、入ってきた。今までの経験からみて、副署長だろう。

副署長の名前は、たしか磯部《いそべ》だったはず。

それにしても、堂々とした貫禄の持ち主で、並んでいたらどちらが署長か判らない。

「どうした、副署長」

いずみはゆっくりと言った。柏田の喋り方が判らないため、探り探りとならざるを得ない。

今回は大した疑念も抱かれなかったようだ。磯部は酷く険しい顔で、いずみに近づくと、ささやくように声を低くした。

「……でありまして……」

「え？」

磯部はさらに近づき、耳元に口を寄せた。

中年男のタバコ臭い息が吹きかかり、不快極まりない状況だが、拒絶するわけにもいかない。

「神奈川県警から刑事が一人参っておりまして……そのぅ、少々、面倒なことに」

見た目より老成した言葉遣いをする。まるで執事か召使いのようだ。

「神奈川県警ねぇ。何用だろうか」

「質屋夫婦殺害事件の捜査に加えろと」

実松夫妻の事件に違いない。二人が殺害され、一人が行方不明という重大事件だ。当然、狛江署に捜査本部が置かれることになる。

「容疑者は神奈川方面に逃走とあるから、捜査情報を得ようというわけか。しかし、捜査本部に一人で乗りこんでくるとは、なかなかやるじゃないか」

いずみの言葉に磯部の顔色が変わる。

「と、とんでもない。そんなことをおっしゃっては、士気に関わります。ここは何としても神奈川抜き、警視庁のみで解決を見ませんと」

資料を入力した直後に感じた、耐えがたい虚しさと怒りが、いずみの中に再びわき起こった。

「それで副署長、逃走した容疑者の車は発見できたのか？　拉致されたとされる娘さんの行方は？」

副署長はポカンとした顔で、こちらを見ている。これもいつものことだ。署長というのは、お飾り的な意味合いが強く、実務面における有能さ、積極性は求められていない。むしろ、何もしないでいてくれる署長こそが、真に求められているとも言える。

一方で、署長に代わって多種多様な能力を求められ、組織を回すのが副署長だ。目の前にいる恰幅のよい男も、それなりに優秀なのだろう。署長は自分の言うことに「はいはい」と従っていればよい。思い上がりが、尊大な態度となってにじみ出ていた。

そんな署長が、いつもとは違い、質問を返してきた。一般的にはごく当り前の出来事が、副署長にとっては意外極まりないのだ。

「ええ……署長、その辺りにつきましては、現在、署員一丸となって取り組んでおりますので、ご心配などなさいませぬように……」

「その男に会ってみたいな」

「何ですって？」

「神奈川県警から来た男だよ。構わんだろう？　会うくらい」

署長室を出ようとするいずみの前に、副署長は立ち塞がる。

「署長、それは、お勧めできかねます」

「ほう、なぜだ」

「神奈川県警の男だからです」

「同じ警察官じゃないか」

副署長の顔が青くなる。

「それは、もちろん、そうでございますが、署長もご承知の通り、本件は当署の管内で起きた事件。当然、捜査は我々の手で行うべきものでして」

「しかし、うちの署員は容疑者を取り逃がした」

副署長の喉が「ひぃ」と鳴る。

「どうした？　私の言っていることは間違っているか？」

「いえ、間違ってはおりません。ただ、取り逃がしたなどという事実は、ございませんのではないでしょうか」

「副署長、君の言葉遣いは少々、変だ」

「恐れ入ります。しかしであります、署員一同、懸命に被疑者の行方を追っているところです。しかし、いかんせん、神奈川県警が非協力的でありまして、情報の共有が進んでおりません」

「捜査に進展がないのは、神奈川県警のせいだと」

「そのようにお取りいただいて構いません。よろしいですか、そのようなときに、我が狛江署の長であるあなたが、神奈川県警の者と会うなどもってのほかであること、お判りいただけましたでしょうか」

「まったく判らない。そこをどきなさい」

「へ？」

「へ？　ではない。そこをどきなさい」

上官の命令は絶対である。副署長は苦渋の表情を浮かべながらも、一歩、身を引いた。

「それで、問題の男はどこに？」

「……一階受付におります」

まだ中に通してもいないのか。いずみはため息をつき、外に出る。

梅雨明けはまだのはずだが、窓の外には青空が広がり、陽光が容赦なく差しこんでくる。それでもさほど暑く感じないのは、三十五度を超える「猛暑」に慣れているからだろうか。この時代にはまだ「猛暑日」などという概念はない。

狛江署はコンクリート製の三階建てで、建造を急いだためか、ひどく殺風景で寒々しい。廊下の壁も灰色で、天井も低く圧迫感がある。刑事部、地域課、交通課。どの部署も手狭で各人の机には書類があふれかえっていた。タバコの煙がもうもうとたちこめ、冷暖房設備もないため、皆、汗だくだ。

それにしても、大きな事件があったとはいえ今日は日曜日だ。署内がなぜこんなにごった返しているのかと疑問に思ったが、すぐに今日が参議院議員選挙の投票日であることに気がついた。たしか、石原慎太郎《いしはらしんたろう》や青島幸男《あおしまゆきお》が初当選した選挙だ。タレント議員などとからかい半分に言っていたのもこの時代だが、数十年後、彼らが日本に与える影響は決して小さくない。

階段を下りて行くと、階下の怒号が耳に届いてきた。

「さっさと帰れ」

ヤクザの出入りみたいだ。

階段を下りきると、木製のカウンターがあり、天井からは「交通」「警邏」など部署を示す札がぶらさがっている。高い位置にある窓は開け放たれているものの、熱気を和らげる役には立っていない。各所に置かれた扇風機が、虚しく熱い空気をかき回していた。

一方で入口付近には男たちが集まり、喧々囂々やっている。

男たちの中心にいるのは、色白で線の細い男だった。とはいえ、太い眉と切れ長の鋭い眼光の持ち主で、年齢も体格も上回る男たちと懸命に対峙《たいじ》していた。

狛江署側の急先鋒は角刈り頭の弁当箱のような顔の男だった。シャツの腕をまくり、毛深く太い腕を見せつけるように突きだしながら、まくしたてている。

「一人で乗りこんできた度胸だけは誉めてやる。名前だけは覚えてやったから、このまま帰れ」

男は動こうとしない。

「どうした？　聞こえなかったのか？」

「聞こえています。ですが、帰れと言われて帰るわけにもいきません」

男たちの間から「うおお」と雄叫《おたけ》びのごとき唸り声が上がった。

弁当箱は腕を組み、笑った。

「判らない坊ちゃんだな。何度も言うが、おまえさんたちの助けなんていらねえんだ。これはウチの事件《ヤマ》だ」

「ですが、容疑者が我々の管内に逃げこんだ可能性は高い。人相着衣については確認済みですが、もっと情報を……」

「くどい！」

周囲から「帰れ」の声が上がった。

見た目の割に豪胆な若い男の顔にも、さすがに動揺の色が見えた。

「静かに」

いずみは階段の前で声を上げた。

殺気立った男たちの目がいっせいにこちらを向いた。

「何だと⁉」

一番最後に振り向いたのは、弁当箱だ。

「誰だ、いま……」

そのまま固まってしまう。それは他の男たちも同様だった。

「え……あ、署長……？」

「一般市民の目にも留まる場所で、何の騒ぎだこれは！」

「いえ、その……」

いかつい男たちの体が縮んだように見えた。

これが署長の力か。

「重大事案発生中に、こんなところで騒いでいる場合か。すぐに持ち場に戻れ！」

弁当箱が仲間をかき分け、いずみの前に立つ。

「しかし、あいつは神奈川の……」

「彼を署長室に通せ」

「は⁉」

「聞こえなかったのか。署長室に通せ」

「いや、しかし、それは……」

「何か問題があるのか？」

「署長が対処されるようなことではありません。我々の方で……」

「私の命令がきけないと？」

「いえ、そういうわけでは……」

「なら、速やかに実行しろ。これ以上の口答えは許さん」

「はっ」

弁当箱は直立不動のまま一礼する。だがその目は怒りと屈辱に燃えている。彼を取り囲む署員たちも同様だった。不穏な沈黙が一階に満ちている。

いずみはそれらを撥ね返し、入口にたたずむ男に向かって言った。

「こちらへ」


「神奈川県警、登戸警察署刑事課の森義人《もりよしひと》巡査部長……」

名刺を見ながら、いずみは言った。

署長室の応接用ソファに座るいずみに対し、森はいまだ起立したままだ。その目は泳ぎ、手にはぐっしょりと汗をかいていた。

屈強な署員相手に一歩も引かなかった男が、いずみの前で、緊張のあまり汗をかいている。

署員たちよりも、署長という肩書きは威力があるらしい。

「どうぞ。座りなさい」

「はっ」

と顎を引いたものの、森はまだ座ろうとしない。森を見上げるいずみの視線に応えるように、森はたどたどしい調子で語り始めた。

「正直申しまして、署長の心の内が判りません。門前払い、あるいはもっと酷い目に遭うと覚悟して参りましたもので」

「そうと判っていても、ここに来ざるを得なかった。上司の命令だったわけか」

「はっ。警視庁のヤツら……いえ、その……」

「構わないよ。警視庁のヤツらに好き放題される前にきっちりと釘《くぎ》を刺して来い。そう言われたのだろう？　君が選ばれたのは、一番の若手だったから？」

「おっしゃる通りです。傷薬と包帯は用意しておいてやると」

いずみは苦笑する。こちらがこちらなら、向こうも向こうだ。

「それがどういう風の吹き回しか、署長が現れ部屋に通された。かえって気味が悪く落ち着かない。そんなところかな」

森は黙ってうなずいた。いずみは閉じたドアに目をやる。あの向こうでは、副署長が聞き耳をたてているに違いない。

「君をここに通したことに他意はない。ただ、現在発生中の事案を、一刻も早く解決したいだけだ。そのためには、警視庁と神奈川県警が協力しなければならない。くだらない縄張り意識だの面子《メンツ》だのに縛られていては、取り返しのつかないことになる」

ドアの向こうで、副署長は呆気にとられているだろう。実に小気味よかった。

だが、呆気にとられているのは、副署長だけではなかった。目の前で、森が驚きの表情で固まっている。

いずみは続けた。

「君はまだ若い。私の考えが理解できると思うのだが」

森は目を潤ませて、大きくうなずいた。

「署長のおっしゃる通りだと考えます」

「ならば話は早い。君はここまでどうやって来た?」

「車で。珍しく覆面パトカーを一台、もらえまして」

「貧乏くじに対する、せめてもの詫《わ》びというわけか。だがそれは好都合だ。運転手を頼めるかね」

「そ、それは構いませんが、いったい何をなさるおつもりです?」

「言うまでもない。捜査だよ」

「は?」

「私と君の二人で、合同捜査といこうじゃないか」

三

事件現場となった実松家は、路地の一番奥にあった。黒ずんだ板塀で囲まれ、入口は路地には面しておらず、家をぐるりと回りこんだ裏手にあった。電柱や曲がり角の塀などに「実松質店」という看板やポスターが貼ってあるわりに、いざ店前まで来ると、入口がどこだかよく判らない奇妙な造りだ。

少し離れた通りに車を止め、いずみは森と共に路地を歩いていた。

「路地の奥だから人目につきにくい。それに、入口が酷く判りにくいねぇ」

「質屋の出入口はどこもそんなものですよ。品物を入れるにしろ請けだすにしろ、人には見られたくないですから」

そもそもいずみには、「質屋」の概念がよく判らない。自身の所有物を預け、金を借りる。一定期間内に金を利息と共に返せばよし、返せねば預けた品は店のものとなり、売り払われてしまう。これを「質流れ」と言うらしい。

いずみの時代にもまだかなりの数があるらしいが、ここはそれより遥かに質屋が一般的だった時代だ。

入口と書かれた細い通路の前には、警官が二人立っている。いずみが近づくと、二人は顔を見合わせ、こちらの制服をしげしげと見つめた。続いて驚愕の表情となり、背筋がピンと伸びる。

敬礼をする二人の間を通り、板塀に挟まれた細い通路に入る。数メートル先で直角に曲がり、数歩進んだところに、間口の狭い開き戸があった。

ふだんはひっそりと閉ざされている戸も、いまは開け放たれ、中では鑑識や警官たちが忙しく動き回っている。カメラのフラッシュもたかれ、遺体発見後かなり時間が経過しているにもかかわらず、ひどく物々しい。

入った所は手狭で殺風景な土間だ。そして正面は鉄格子ならぬ格子戸で奥と隔てられている。格子戸の中ほどには四角い窓が開けられていて、どうやら質屋の店主と客は、そこで相対して、品物と金のやり取りをするらしい。

動き回っていた関係者たちが、いずみたちの姿を見て、いっせいに敬礼をする。

いずみは言った。

「そのまま作業を続けてくれ。ただ、現場の状況など詳しく説明できる者がいたら、少しだけ付き合ってもらいたい」

すぐさま、鑑識課の制服を着た中年の男が駆け寄ってきた。

「鑑識課長の岡部《おかべ》正道《まさみち》警部補であります」

「忙しいところすまない。事件の状況、今現在、判っていることなどを簡単に説明して欲しいのだ」

岡部は森に目をやり、やや不審げな表情を見せたが、署長直々の命令に異を唱えるようなことはしなかった。

彼は手帳を見ることもなく、すらすらと状況をまとめてみせた。

「被害者は実松良衛、春乃の二名。ご覧のように質店の経営者でありました。両名とも数ヶ所を刺されての失血死で、凶器は刃渡り十八センチの出刃包丁。外部から持ちこまれたものか、家内にあったものかについては、現在、確認中です」

「盗まれたもの等は？」

「そちらも確認中であります。ただ、近所の住民の話によれば、預かった品や金銭はすべて、貸金庫と銀行に預けていたようで、家内に大したものは残っておりませんでした」

「犯人の侵入経路は？　出入口からだと、この格子を破らないと中には入れないだろう」

「裏に勝手口があり、そこから侵入したと思われます。遺体発見時、鍵はかかっておりませんでした」

「表をこれだけ厳重にしておいて、裏の施錠をしておかなかったと？」

いずみのつぶやきに、岡部は無言のままだ。あくまで事実のみを伝えるつもりなのだろう。

「遺体の発見者は？」

「訪ねてきた客です。開店時間中にもかかわらず店に人気《ひとけ》がないので、格子戸越しに覗《のぞ》いたところ、奥に血のようなものが見えたので、通報したと。通報時刻は午前九時三十二分。発見者の客からは現在事情聴取中です」

発見者の客が事件とは無関係であることは、後日の捜査で確認済みだ。いずみは自身の入力した捜査資料を思い起こす。

いずみは続けた。

「最後に被害者たちが目撃されたのは？」

「午前八時四十分ごろです。近所の住民が連れだって歩く二人に声をかけています。それによれば、二人は投票に行ったようです。投票所はここから徒歩で五分ほどのところにある小学校の体育館です」

「投票を済ませて店に戻り、表の戸を開けた。大体、九時前後になるかな。それから約三十分の間に、やられたということか」

岡部は無言でうなずいた。いずみはもっとも気になっていた点について尋ねる。

「被害者二人の娘が行方不明になっている件についてはどうなっている？」

岡部はふっと表情を曇らせ、咳払いを一つした。

「未《いま》だ摑めておりません。目撃証言などから、犯人に拉致された疑いが濃いのですが……」

「その根拠は？」

「近隣住民の目撃証言です。ご覧の通り、質店は出入りが目立たぬような造りになっています。そのため、事件に気づいた者はおらず、目撃者もおりません。ですが、いったん表通りに出れば別です。午前九時十五分ごろ、路地から飛びだしてくる男を複数人が目撃しています。男は良子さんと思われる若い女性を連れ、そのまま車に乗って走り去ったようです」

「その男の身元は？」

「人相着衣などから、近所に住む中田光雄二十三歳と見られています。車は九時前に駅前で盗まれたものでした」

「中田と被害者の関係は？」

「中田は塗装工です。勤務態度は真面目とは言い難く、親方の元を転々としています。遊び好きで、仲間内に借金もあったようです。被害者の質店にもちょくちょく出入りしていたとか。被害者と顔なじみ程度ではあったでしょう」

「なるほど」

横目で見ると、森は必死にメモを取っていた。

「ありがとう。助かったよ」

岡部はホッとした様子で敬礼すると、奥の部屋へと戻っていった。

森はペンを走らせる手を止め、いずみに深々と頭を下げた。

「ありがとうございます。おかげさまで、事件のあらましが判りました」

「借金で首が回らなくなった中田は、実松質店を襲う計画をたてた。逃走用の車を盗み、投票から帰宅したばかりの実松夫婦に金をだせと迫る。しかし、店内に金目のものはない。押し問答をするうち、中田はカッときて二人を刺殺。そこを同居していた娘の良子に見られ、慌てた中田は彼女を連れたまま、車で逃走した。こんなところだろうか」

「それで間違いないかと思います。さっそく、署の人間に伝え、中田の車を手配します」

「そうしてくれ。一刻も早く、中田の身柄を確保したい」

森はメモを手に、表に走り出ていった。公衆電話で署に連絡するという。

携帯がない時代、彼は十円玉を何枚も握りしめていた。

質屋の前に出ると、規制線の向こうには野次馬が集まっていた。和装の者もちらほらといる。彼らを追い払う警官の態度も、いずみの時代に比べ、居丈高だ。

「こら、さっさと帰れ！」

怒鳴られ、人々はしゅんとして散っていく。しかし、数分もするとまた戻ってきて好奇心に目を輝かせているのだから何とも逞《たくま》しい。

その中の一人、灰色の作業着姿の中年男性が、「おっ」と声を上げ、いずみを指さした。彼は規制線をくぐり抜け、こちらに駆けよってくる。警官がその腕を摑まえようとするが、わずかに及ばない。

「おい、こらっ、中に入るな！」

警官の背後から、ひょいと真っ赤なシャツに太ももまで露《あら》わなショートパンツをはいた派手な化粧の女性が、舌をペロリとだしながら、やはり規制線をくぐる。

気づいた警官が振り返ったときには、もういずみの傍《そば》に寄っていた。

「こら、おまえら、公務執行妨害で逮捕するぞ！」

「やれるもんなら、やってみな」

女性が明るく笑う。警官は顔を真っ赤にして、同僚たちを集めようとした。

その脇をもう一人、痩せこけた高齢男性が走り抜けていく。

三人はめいめいの方角からいずみの前に立ち、同時に言った。

「ちょっと話を聞いて下さい」

警官はいずみの姿に気づき、赤くなった顔を青くしている。

「おまえらぁ、その方から離れろ、すぐにぃ！　その方は、その方はなぁ……」

「うるせー、あたしたちは話があるんだよ」

と女性がまた笑う。中年男性もその後ろからうなずきながら叫んだ。

「この人、何だか偉そうな服着てるからさ、話を聞いてもらうんだ。てめえみたいなぺーぺーは黙っとけ」

高齢男性が皺だらけの顔を綻《ほころ》ばせ、言う。

「突然で申し訳ないが、あなたは、偉い人かな」

「自分で言うのも何ですが、そこそこ偉いと思います」

「そうか、偉いのか。なら聞いて下さい」

警官が三人を突き飛ばし、いずみとの間に割りこんだ。

「おまえら、この方を誰と心得る。この方は署長だぞ！」

中年が怒鳴る。

「黄門《こうもん》みたいなこと言ってんじゃねぇ。署長？　署長がなんだ」

「きさまら、逮捕だ！」

激高する警官をいずみはなだめる。

「まあまあ。この方たちは話があるようだ。私が聞こうじゃないか」

「へぇ⁉」

「心配ない。話をするだけだ。君は持ち場に戻りなさい」

「いや、しかし……」

「戻りなさい！」

「はい」

警官は規制線の向こうへと戻っていった。

「へ、ざまーみろ」

あかんべーをしている中年に向かって、いずみは言った。

「それで、話というのは何です？」

「あ、俺は佐野達夫《さのたつお》、たっちゃんと呼んでくれ」

「あたしは小夜子《さよこ》。名字は忘れちゃった」

「ワシは小野塚康安《おのづかこうあん》と申します」

なぜか自己紹介となった。

「署長の柏田です。それで、話というのは？」

たっちゃんが唾を飛ばしながらまくしたてる。

「光雄のことに決まってるじゃないか。あんたら、あいつが本当にこんなことやったと思ってんのか」

「光雄というのは、中田光雄さんのこと？」

「ほかにどこに光雄がいるってんだよ」

「まあまあ」

興奮気味のたっちゃんを小野塚がなだめる。

「それで……何の話だったっけな」

小夜子が「もう」と痩せた小野塚の背中をズバンと叩く。

「耄碌《もうろく》するにはまだ早いわよ」

むせかえる小野塚の介抱をたっちゃんに任せ、小夜子が長すぎるまつげと共に目をパチパチさせる。

「光雄ちゃんが殺したなんて、絶対にあり得ないわよ」

「そうそう、あり得ないよ！」

「ゲホゲホ」

「ほうら、あの二人もそう言ってる」

「小野塚の爺《じい》さんは何も言ってねえよ」

高速で循環する会話に、いずみは口を挟むタイミングすらつかめない。

小夜子がたっちゃんの頭を張り飛ばし、真っ赤な口紅で染めた大きな口を広げて笑った。

「すみませんね、あたしら、口のききかたってのを知らないもので」

「もう少し詳しくきかせて下さい。中田さんが人殺しなどするわけがないとおっしゃいましたね。その根拠、つまり、なぜそう思われるのです？」

「まあ、光雄ちゃんは、短気で喧嘩っ早《ぱや》いし、金にはだらしなくてすぐ借金作っちまうような男なんだけどねぇ」

「それじゃ、光雄が犯人だって言ってるようなもんじゃねえか」

「うん、喋ってて、自分でもそうなんじゃないかって思えてきちゃった」

「バカ。おまえ、余計なことしか言ってねえじゃねえか。引っこんでろよ」

いずみは辛抱強く待つ。相手にするだけ無駄かもしれないが、資料の入力を終えた今でも、中田光雄なる男がどういう人物であったのかがはっきりとしない。

小夜子が言うように、ただの暴力的かつ短絡的な男であったのか。それとも、皆の知らない一面があったのか。

彼の人となりを知る絶好の機会を、逃したくはない。

「中田さんに借金があったのは、本当なんですか？」

いずみはあらためて問うてみた。答えたのは小野塚であり、結局のところ、彼が一番落ち着いて話ができそうな人物だった。

「今は塗装工をやっていますが、なかなか職につこうともしないでねぇ。まあ、母親が男作って逃げちまって、酒浸りの親父と暮らしてたのもよくなかったんだがね」

「あなたがたと中田さんの関係は？」

「長屋のお隣さんさ。ここから五、六分のところにアパートがあってね。ずっとそこで暮らしてる。このたっちゃんや小夜子さんもだよ。世の中、高度成長だとか言うけど、我々には余禄が回ってこなくてね」

小夜子が勢いこんで言う。

「もうすぐアパートも取り壊されるんだよ。大家から出てけって言われてて、もう散々さ。去年、親父さんも事故で死んじまうし、光雄ちゃんも荒れててね。一度は足を洗ったギャンブルにまた手をだして」

たっちゃんもまたうなずく。

「質《たち》の悪いヤツらに借金作って、その金返すために、洗いざらい、ここに預けたってわけさ。だけど、まあ、死んだヤツのこと悪く言いたくはないけどさ、実松たちも、大概、阿漕《あこぎ》だったぜ」

「裏で金貸しもやってたって噂さ。そっちは娘が仕切ってたって。まだ若いのに相当なものだよ」

「娘って、良子さんがですか？」

「ああ。地元でも相当なワルで通ってたよ。男相手でも平気で向かっていく。指にカミソリ仕込んでるなんて噂もあったな」

小夜子に続いて小野塚もため息まじりに言う。

「ここだけは止めとけって、光雄には言ったんだけどなぁ」

彼らの証言は、やはり中田の犯行を裏付ける証言にしかなっていない。いずみは重ねて問うた。

「にもかかわらず、あなたがたは、中田光雄さんは無実だと言うんですね」

小夜子が勢いこんで言った。

「当たり前だろ。イキがってはいるけどさ、根は正直ものでいいヤツなんだよ」

続いてたっちゃんが言う。

「ああ。俺はガキのころから知ってるけど、変なところで正義感のあるヤツなんだ。喧嘩っ早いって言ったけど、大抵は、向こうに非があったり、やられてるヤツを助けに入ったりで、自分からふっかけたことなんてなかったぜ」

最後は小野塚だ。

「借金にしても、博打《ばくち》はともかく、友達の借金を肩代わりしたり、ヘンタイ保証人とか……」

「連帯だろ、それ」

「連帯保証人とかになったとか、まあそんなこんなで膨れ上がったみたいなんだよ」

ようやっと、中田の人となりが見えてきた気がする。

「なるほど。しかしだからと言って、中田さんが犯行に及ばないとは限らない」

たっちゃんの顔がさっと赤くなった。

「何だよ、俺らがこんだけ言ってんのに判んねえのか⁉」

小野塚がすぐに彼を押しとどめる。

「すぐにカッとくるのは、おまえさんも同じだ。言うだけのことは言ったんだ。これ以上はお上に任せておいた方が……」

「どうだかねぇ。お上が当てになったためしなんか、ないよ」

いずみの背後から女性の声がした。振り返ると、割烹着《かっぽうぎ》姿の腰の曲がった女性が、ヨチヨチと規制線をくぐってこちらに来る。

「なんだ、富久恵《ふくえ》じゃないか」

小野塚が声を上げ、にやつきながら、頭をかく。

「うちのかみさんなんで。富久恵って言います」

「いい年して、照れてんじゃないよ」

小夜子が顔を顰める。そんな彼女の前を素通りして、富久恵はいずみの前に立った。

「うちの人があんまり遅いんでね、迎えに来たんですよ。私はそこの四つ角でタバコ屋をやってます。まあ、商売柄、いろいろと人の話を聞くんですがね……」

富久恵は目を細めて、質屋の板塀を見やった。

「こんなことになった原因は、良子ですよ」

きっぱりと言い切った富久恵に、一同はただ押し黙るばかりだ。どうやら彼らの中で、富久恵はボス級の人物らしい。

いずみは尋ねた。

「その理由をお聞かせ願えますか」

「あの女は若い組員のコレでね」

富久恵は小指を立てる。

「そいつと組んでやってるのが、美人局《つつもたせ》さ。生真面目そうなサラリーマンを捕まえては、がっぽりと巻き上げてたらしいよ。被害者は会社の手前、泣き寝入りするしかないからねぇ」

「失礼ですが、その情報はどちらで？」

「言ったろう？　タバコ屋なんてやってるとね、あれこれ聞こえてくるもんなのさ。光雄のヤツも、良子に色目使われて、酷い目に遭ったらしい」

たっちゃんは羨望の眼差しで富久恵を見ている。

「さすがだなぁ。全然、知らなかったよ。危ねえ、危ねえ」

「ふん。心配しなくても、おまえさんなんか、狙われやしないよ。騙したところで、巻き上げるもんなんか、ないじゃないか」

「そりゃ、そうだけどよ……いや待てよ。だったら光雄はどうして狙われたんだ？　あいつだって、金なんかないぜ」

「金というより、からかわれただけなんじゃないのかねぇ。一度、組員にどやされてるところを見たことがある」

小夜子がポンと手を打った。

「そういえば、この間、店に来たときすごく辛そうにしてたのよ。無理に聞きだしたら、ヤクザもんにやられたって。お腹や背中、アザだらけだった。可哀想だったから、ツケをチャラにしてあげたわよ」

「顔じゃなく、見えないところを殴るのさ。最近のスジモンは陰険だよ」

いずみは富久恵にきいた。

「つまり、中田の本命は良子で、両親はそのとばっちりで刺されたと？」

「さすが、偉そうな制服着ているだけあって、頭の巡りがいいやね。さ、みんな帰るよ。こんなところで油売ってても、一銭の儲《もう》けにもなりゃしないんだ」

富久恵の一言に、残る三人は「はーい」としょぼくれた返事で答えると、彼女を先頭に路地を通りの方へと歩いて行った。

彼らと入れ替わるようにして、森が駆け足で戻ってきた。汗だくだ。

彼は去って行く四人組を不思議そうに振り返り、言った。

「何なんです？」

「いや、ちょっと情報提供を受けていただけだ」

「え⁉　それじゃあ、もう一度話を……」

「いや、後で私の方からすべて伝えるよ。それより、そっちの方は？」

森はハンカチで首筋をぬぐい、明るく笑ってみせた。

「おかげさまで、いただいた情報を基に、全署員を挙げて、中田を捜しています」

「いや、役に立ったのならそれでいい」

「それで、署の方にすぐ戻れと命じられましたので、自分はこれで。署長には本当にお世話になりました」

敬礼をする。

「ああ、そのことなんだが」

いずみは慌てて言った。

「見返りを求めるわけではないのだが、一つ、頼みがあるんだ」

「はっ、何なりとおっしゃって下さい」

「私を神奈川に連れて行って欲しい」

「は？」

「私が動いていることが判れば、神奈川県警が黙ってはいないだろうし、警視庁も同じだ。もう少しの間、内密に二人だけで動けないだろうか」

「いや……しかし……」

「君にとっては何の益もない話だ。だが、この事件には何か裏があるような気がしてならないのだ。事件解決のためにも、何とかお願いできないだろうか」

いずみは頭を下げた。

「いや、署長、頭を上げて下さい」

森は声を上ずらせている。

「直属の上司ではないにせよ、署長のご指示とあらば、自分は従うだけです。何なりとおっしゃって下さい」

いずみは森の手を取り、強く握りしめた。

「ありがとう」

四

多摩水道橋を渡り、神奈川県に入る。ハンドルを握る森の顔つきは強ばっていた。

「このまま、登戸駅前に向かえば、よろしいんですね？」

「頼む。駅前近くに車を止めて、待つ」

「待つって何をです？」

「そのときになれば判るよ」

森は軽くため息をついた後、再び運転に集中し始めた。

いずみは腕を組んだまま、目を閉じる。

盗難車を駆って行方をくらました中田は、七日午後に登戸駅前で職務質問を受ける。その現場に立ち会い、中田と直接会うことができれば、状況に何らかの変化が生まれるかもしれない。実のところ、いずみの考えはその程度のものだった。自分が何のためにこの時代へと飛ばされてきたのか。

この期に及んでなお、摑みかねていたからだ。

いずみは今一度、考えを巡らせる。

まず一番に考えられるのは、拉致された良子の救出だ。後刻に発見された逃走車両に良子の姿はなかったとされているが、中田の身柄を押さえて問い詰めれば、居所を白状するかもしれない。もっとも、その時点で手遅れの可能性は高いのだが……。

あるいは、本日深夜に射殺される運命にある中田の命を救うことが使命なのだろうか。でもいったい何のために？　三人を殺害し立てこもり事件まで起こした凶悪犯をなぜ救わねばならないのか。

良い知恵も出ぬうちに、車は登戸駅から少し離れた路肩に止まった。

駅前の様子を街路樹の向こうに見ることができる。ここならば、何か動きがあれば見逃すことはない。

森は県警の無線に注意を向けているが、いまだ何の連絡も届いていなかった。

資料によれば、中田が職務質問されるのは、午後二時五分。現時刻は午後二時ちょうどだ。

中田が車を駐めるのは、いまいずみたちのいる位置からほんの十数メートル先のはずだ。

車が来たら、どうすれば良いか。まずは彼の身柄を押さえるのが先決だろう。

しかし……といずみは思う。

中田は何を思って、こんな場所に車を駐めたのだろうか。そして、わざわざ徒歩で駅前へと向かったのだろう。

駅前周辺に警察の目が厳しく光っていることは、判っていたはずだ。

もし何か必要に迫られることがあったとしても、なぜ駅前まで車で乗りつけなかったのか。

一方、良子の安否の問題もある。彼女の遺体は数日川の水に浸かっていたこともあって傷みが酷く、死亡推定時刻を絞りきることができなかった。拉致されてすぐに殺害されたのか、しばらく連れ回された挙げ句に殺害されたのか、今もって不明のままである。

もし、しばらく連れ回していたのであれば、いまこの時も、良子は生存している可能性がある。小野塚富久恵によれば、良子も犯罪に加担していた一人のようだが、だからといって殺されて良い道理はない。

何とか無事でいてもらいたい。

常識を超えた現象のただ中にあって、いずみは神にも祈る気持ちだった。

ふと気づいたとき、時計は既に二時五分を回っていた。

周囲には何の動きもない。不審な車がやって来て駐まる様子もない。

どういうことだ？　なぜ、中田は来ない？

無線に緊急連絡の報が入った。

「中田光雄と思しき男性を、向ヶ丘遊園駅前で発見。現在、逃走中」

いずみと森は顔を見合わせる。

向ヶ丘遊園？　どうして……。

森がサイレンのスイッチを入れ、アクセルを踏みこんだ。タイヤをきしらせながら、猛スピードで隣駅へと向かう。森はいずみに対し、何も問いかけてはこなかった。そうしている間にも、無線からは随時、中田追跡の報告が入ってくる。

彼は線路沿いの道を走って逃げているとのことだ。車はどうしたのだろうか。やはり、何処か離れた場所に駐めたのか。

それにしても、なぜ、報告書と違うのだろう。彼はまず登戸に現れ、その後、向ヶ丘遊園まで逃走。追い詰められ立てこもりへと向かうのではなかったか。

唯一考え得るのは、いずみ経由で神奈川県警に情報が伝わることで、状況に変化が生まれたということだ。本来なら登戸まで来るはずの中田が、向ヶ丘遊園で発見されてしまった。

「車だ」

いずみは叫んでいた。

「車を捜せ」

「え?」

ハンドルを操作しながら、森がきいてくる。

「中田が逃走に使った車が近くに駐めてあるはずだ。そちらを優先して捜して欲しい」

「どうしてそんなことが言えるんです?」

「それは……」

「署長の指示で、自分は登戸駅前に行きました。しかし、中田は現れませんでした」

「正直、私にも判らないことはある」

「私には署長のお考えが判りません」

「その件については、後ほど、きっちりと説明する。今は、車を捜すよう言ってくれ。人の命がかかっているんだ」

森は唇を噛《か》みしめながら、横目でいずみを見る。サイレンを吹鳴しながら、赤信号を曲がり、直線道路に入ったところで、ようやく無線を手に取った。

手配の報を聞きながら、いずみは息を吐きシートに身をもたせかける。

車は向ヶ丘遊園駅のロータリーへと通じる道へ入っていった。ロータリーには既に二台のパトロールカーが停車している。制服警官が走り回り、道行く人々は好奇の目でそれらを見つめていた。

車を駐めるや、森は外へと飛びだした。もはやいずみに対する気遣いは無用と割り切ったらしい。

助手席から出たいずみは、傍の警官に尋ねる。

「状況は？」

「はい、中田光雄は警官数名の追跡を振り切り、住宅地に逃げこんだ模様です」

「そうか……」

結局、その結末だけは変わらないのか。では今すぐにでも、籠城の舞台となってしまう白川医院に警官を差し向けるべきか。しかし、その根拠をいったいどうやって説明する。署長命令として無理矢理にでも行かせることはできるが……。

どうすればいいの。焦燥に押しつぶされそうになったとき、森が駆け寄ってきた。

「逃走に使われた車両が見つかりました。向こうにある交差点の少し先だそうです」

「判った」

うなずきながら、いずみは気持ちを固める。とにかく、事件を別の角度から見ることだ。自分なりの見方で事件を分析し、再構築していくよりほかにない。その結果、見えてきたものに従えばいい。

いずみは森に言った。

「向かう前に、電話をかけたいのだが……」

改札の脇に赤い公衆電話が二台並んでいた。急いで受話器を取ったものの、十円硬貨を入れねばならない。署長室から制服のまま飛びだしてきてしまった。ポケットをさぐるが、財布の類いは見当たらない。いずみは傍《かたわ》らの森を見上げた。

「あのぅ、すまないが……」

言い終わる前に、森は手のひらに十円硬貨数枚を載せ差しだしてきた。

「何があっても、十円玉は欠かすな。先輩からそう教わりました」

「すまん」

硬貨を入れ、狛江署の代表番号にかける。念のため、署を出る前に番号をメモしておいたのだ。

「狛江警察署です」

険しい声の男が出た。

「ああ……署長だ。柏田だ」

「お待ちください！」

上ずった声とともに、ゴトンと音がした。受話器が机の上に置かれたのだろう。まだ保留音も一般的ではない時代だ。

「署長、署長ですか、いまどちらに⁉」

副署長の声だった。

「ああ、すまない」

「署長が行き先も告げず出かけるなど、前代未聞ですぞ。しかも、このような重大事案発生時に……。当署に捜査本部が立つことになりまして、本庁から何度も連絡が……。あ、署長が外出されていることは、内密にしてあります」

「さすが副署長。恩に着るよ」

「恩など着なくてけっこうですから、すぐにお戻り下さい。先刻から市民の情報提供で電話が鳴りっぱなしです。中田を見たとか、人質の女を見たとか、もうてんやわんやです。そちらの対応もあり、私共だけではごまかしきれません」

「それが申し訳ないが、まだ戻れそうもないんだ」

「はぁ⁉」

「それよりも、一つ調べて欲しいことがあるのだ」

「署長！」

「実松良子なのだが、彼女はどうやら地元のヤクザ者と繋がりがあるらしい。その者を特定し、話を聞いて欲しい。良子との関係についてだ」

「お待ちください、署長。私には何が何やら……」

「とにかく、組対……いや、生安……いや、保安の人間を動かせば、すぐに突き止められるだろう。早急に頼む。また連絡する」

「しょちょぉぉぉぉぉ」

副署長の絶叫が聞こえる中、いずみは受話器を置く。

「待たせてすまない。行こう」

森と共に駆けだす。小さな橋を渡り、信号を越えたところに、パトカーが一台停車し、その前に緑色のサニー・クーペが斜めに駐められていた。間違いない、中田が使った車だ。

森が身分証をかざし、クーペに近づく。後に続いたいずみの姿を、制服警官たちが不思議そうに見守っていた。

森が警官に尋ねる。

「中に人は？」

「トランクまで調べましたが、おりません」

いずみは唇を噛む。となると、既に殺害し多摩川に遺棄したということか。

「中を調べても構わないだろうか」

いずみの申し出に、森はどうぞと自らは身を引いた。

運転席、助手席と調べてみるが、これといったものはない。後部シートには、テニスラケットやシューズが袋に入れて放りだされていた。本来の持ち主の趣味なのだろう。

「あれ？　これ何です？」

助手席のシートの下を覗きこんでいた森が声を上げた。手袋をした右手をつっこんで何かを手繰り寄せている。

そこに血相を変えた警察官がやって来た。

「たった今、報告が。中田と思われる男が、宿河原《しゆくがわら》四丁目の金物店に押し入り、出刃包丁二本を強奪したとのことです」

「何だって⁉」

いずみと森はほぼ同時に叫んでいた。

やはり人質をとっての籠城という結末は、変わらないようだ。

「宿河原四丁目なら、ここからすぐです。我々もすぐに！」

勢いこんで言う森を、いずみは押しとどめる。

「待ちなさい。闇雲に走ったところで、できることは限られている」

「そんなことは判っています。だからといって、ここで何もしないでいるなんて、自分には我慢できません」

「だからこそ、冷静になるべきなんだ。ここは……」

「お言葉ですが、自分にはやはり、署長のおっしゃることが理解できません」

森は右手を大きく振り上げる。その手に握られているものに、いずみは目を留めた。

「森くん、それは何だ？」

「は？」

「右手に握っているものだ」

森には、何かを握っている意識すらなかったようだ。それほどに気持ちが高ぶっていたに違いない。

森は放心したように、自身の握っているものを見つめていたが、やがてはっと顔を上げた。

「助手席の下から見つけたものです。何とか引っ張りだしたときに、強盗の報告が入ったので……」

「見せてくれ」

そこにあったのは、血のついた封筒大の紙だった。

「これって……」

森の顔色が変わる。血がこびりついて見にくくはなっているが、投票所入場券に間違いない。森はそっと中身を取りだした。

「実松良衛のものです」

サイレンを鳴らしたパトカーがまた一台、通りを走っていく。だが森は、新たな証拠品に惹《ひ》きつけられている様子だ。

「ですが、実松夫婦は投票を済ませているはずです。投票所から戻ったところを襲われたと聞きましたが」

「投票に行っていれば、この入場券は回収されるはずだ」

「どういうことなんでしょう、これは……」

ようやく端緒のようなものを摑んだ。いずみは懸命に頭を巡らせる。これだ。自分の進む方向は間違ってはいない。

「事件の発生時刻を考え直すべきかもしれない。被害者二人は一度、投票のため表に出た。しかし、何らかの事情で一度戻ってきたんだ。そして、そこを襲われ刺殺された……」

「二人が目撃されたのは、八時四十分ごろ。一度店に戻ったとしても、開店時間の九時までに投票に行くことは可能です。にもかかわらず、それをしていない」

「したくてもできない事情があったと考えることはできる」

「ですが、犯行時刻が早まったとして、では九時に店を開けたのは誰なんです？　逃走する中田が目撃されたのは九時十五分ごろ。彼はそれまで何をしていたのです？」

いずみは黙って首を振る。

森は血染めの入場券を警官に手渡しながら、険しい顔でつぶやく。

「それだけの時間があるなら、中田は良子もその場で殺せたはずだ。なぜ連れて逃げたりしたんだろう」

「それだ、それだよ」

いずみは手近の公衆電話に駆け寄る。受話器を上げたところで、硬貨がないことに思い至る。そこにまた十円硬貨が差しだされた。森が笑みを浮かべている。

「十円玉は切らすな。署長も覚えてください」

苦笑しつつ硬貨を投入、再び狛江署にかけた。

受付の警官に名を告げると、間髪いれず副署長の声が聞こえた。

「署長！」

「そんな声をださなくても、聞こえている」

「中田が見つかったんです！　ですが、大変なことに……」

「強盗だろう？」

「へ？」

「出刃包丁二本を盗んだ」

「ど、どうしてそれを？」

「そちらは君が指揮を執って、いいようにしてくれ」

「いいようにって、そんなこと、急に言われましてもですね」

「人の遇《あつか》いに関しては、君の右に出る者はいない。署員の皆を何とか抑えてもらいたい」

「そうはおっしゃいますが、署長がいらっしゃらないと、何ともかんとも……」

「この事件はおそらく早期に解決すると思う。だから、わずかな時間でいいのだよ」

「そんな無茶を言われましても……、とにかく、署長はいったいどこで何をされているんですか？　せめてそれだけでも……」

「その前に、先に頼んでおいたこと、やってくれただろうな？」

「はっ、実松良子と関係のある組員ですな」

「名前くらいは判ったかね？」

「何をおっしゃいますか。当署は優秀な者が揃っております。既に署で取調べ中であります」

「おお、それは凄い」

「お褒めの言葉、ありが……」

「それで、その男は良子について、何と言っている？」

「男は熊山《くまやま》組の組員、組員といってもまだ使いっ走りのチンピラですが、佐川誠二《さがわせいじ》、二十二歳。生まれも育ちも狛江で良子とも幼なじみだとか」

「なるほど。美人局についてはどうだ？」

「白状しましたよ。かなりあくどく儲けていたようです。ただ、最近は良子との関係が思わしくなかったようで」

「それは？」

「本人もはっきりとは言わないのですが、どうも良子に別な男ができたようですな」

「ほほう」

「足を洗いたいだの何だの、まあ、本当のことかどうか判りませんが、諍いが絶えなかったようで」

「事件発生時は？」

「それについては、アリバイありです。ほかのチンピラと飲み屋にいたとか。裏取りに動いていますが、まず間違いはないでしょう」

「副署長、恩に着る。さすがだ。ありがとう。そのついでにもう一つ頼みたいことがある」

「署長、礼だなんて、そのような……え？　頼み？　もう一つ？」

「君、言っていたよな。人質女性の目撃情報が入ってきているって」

「はぁ、たしかに申しました。ほとんどが中田に関するもので、女性についてのものは二つか三つくらいでしたが」

「その目撃者に至急、話を聞くんだ」

「いや、中田に関する情報もほぼすべてがガセでありました。そちらの方も……」

「とにかく至急だ。話を聞いてからの判断は、君に任せる」

「任せるって、そんなこと急に言われましても……。それで署長、いま、どちらにいらっしゃるのです？」

「向ヶ丘遊園駅近くにいる。これから森君と現場に向かう予定だ。これ以上、事態の悪化を招く前に、事件を解決したいからな」

「えぇっと、おっしゃっている意味が、まったく理解できないのでありますが」

「できなければできないでいい。とにかく、そちらは任せたから」

「いや、それは困ります。署長？　しょちょぉぉぉぉ」

受話器を置く。すぐ脇に控えていた森が、真剣な目でいずみを見た。

「良子の男のことですね」

いずみは得た情報を森に伝える。

「なるほど、ほかに男ですか……」

「先の入場券の件と合わせれば、見えてくるものがないかね」

森はしばし顎を引いて考えた後、さっと表情を引き締めた。

「署長、もしかして……」

いずみは言う。

「よし、中田を捜そう」

五

渋滞する道路をサイレンを鳴らしながら進み、五分ほどで宿河原四丁目まで来た。信号を曲がったところで、正面に刃物を強奪された金物店が見えた。警察官が臨場し、物々しい雰囲気に包まれている。道のそこここに警官が立ち、道行く人に注意を呼びかけている。

「この辺りの管轄は登戸署ではなく、隣の多摩東警察署です。既に全署員挙げての捜索が始まっているかと」

「県警本部、警視庁、登戸署にも連絡が行ってるだろう。指揮系統は混乱するだろうな」

「ヤツを早く見つけないと」

今のところ、警邏中の警官からの報告はない。情報が少ない中、たった二人ではやはり限界がある。

いずみが入力した時点で、中田が立てこもったのは小児科医院だった。幼い子供を人質にしたため、マスコミもこぞって動き、大騒ぎとなった。

中田の現在位置から考えて、白川小児科医院に侵入するとは考えにくい。駅まではかなりあるし、警官だってたくさんいるだろう。

侵入場所もまた、いずみの行動によって変化したとみるべきだ。となれば、どこか。

「このあたりに小児科はないか？」

森は顎に手を当ててしばし考える。

「小児科はありませんが、幼稚園なら」

「そこだ！」

森はハンドルを切りUターンすると、一気にスピードを上げ、最初の信号を左折した。

住宅地の間を抜け、遠くに団地の立つ丘が見えるあたりで急停車する。

右前方に幼稚園の建物が見えた。「みどり幼稚園」と木の看板がかかっている。園庭には広々としたスペースと砂場があり、今も園児たちが歓声を上げている。その奥にはとんがり屋根の園舎があり、中にはやはり多くの園児たちがいた。

この時代はまだ、少子化なんて言葉はなかったのか。

「署長！」

森が幼稚園の向かいを指す。電柱の陰に、男がいた。

中田だ。右手には、手ぬぐいにまいた長いものを持っている。盗んだ包丁二本に違いない。

彼はいずみたちには気づいておらず、ただじっと庭で遊ぶ園児たちを見つめている。

悲壮感ただようその姿には、明らかなためらいがあった。

いける。いずみは車を飛びだした。その気配に中田は振り返る。いずみの後ろにピタリと張りついた森が、拳銃をだし構えるのが、気配で判った。

中田が奥歯を噛みしめ、怒りの表情を露わにする。

「くそっ」

その目が幼稚園に向けられたとき、いずみは叫んだ。

「そんなことをする必要はない。おまえの計画はすべて判っている」

走りだそうとした中田の足が止まる。

「小児科、あるいは幼稚園。子供のいる場所を襲って立てこもり、騒ぎを起こすつもりなんだろう？」

中田がゆっくりといずみを振り返った。目には恐れの色がありありと浮かんでいた。

「子供を人質に取れば、警察だけじゃない、マスコミもやって来る。ニュースにも出る。中継だってあるかもしれない。そこでおまえは、実松夫婦を殺害したと皆に告げる。公開自供だよ。その後で……それ以上は言いたくもない。命を粗末にするものじゃない。殺人の罪をかぶって死ぬなんて……」

「違う。俺だ、俺が殺したんだ」

「それならそれで、話は聞く。物騒なものを置いて、こちらに来ないか？」

中田は一瞬、迷いを見せたが、すぐに手ぬぐいにくるんだ包丁を抱え直す。

「ダメだ」

「罪をかぶることで、犯人を救おうと考えているようだが、それは違う。おまえが愛し、おまえがかばおうとしている実松良子さんは……」

「うるさい、黙れ！　良子を愛してるだと？　バカ言え。あいつのせいで、俺は酷い目に遭った。あいつは親と同じクズだ。貧乏人の生き血をすする悪魔だよ。そんな女を、俺が愛してるだと？」

「良子さんは暴力団員と組んで美人局の片棒を担いでいたようだが、最近、もう止めたいと言ってたそうだ。彼女の相棒のチンピラは、良子に男ができたって供述したぞ」

中田は歯を食いしばり、すがるような目でいずみを見た。

いずみはゆっくりとうなずく。

「実松夫婦を刺したのは、娘の良子さんなんだな。おまえはそれをかばい、罪をかぶって死のうとしている」

中田の目が潤んでいた。いずみはさらに続けた。

「今朝、なぜ実松宅へ行った？　良子に呼ばれたからか？」

中田がうなずく。

「両親を刺してしまったから助けて欲しい。そう電話があったんだな？　それでおまえは、裏口から中に入った。鍵を開けたのは良子自身だ」

「そうだ。逃げる気でいたから、先に車かっぱらって、店まで行った。良子は血まみれで立っていたよ。あの親は酷いヤツらでさ。他人に対してもだが、実の娘に対しても酷いもんだった。美人局や体を売らせて稼いだ金を一銭残らず巻き上げてよ。良子は家を出たがっていたが、それも許さなかった」

「なぜ親を刺したのか、良子は言っていたか？」

「起きたら二人が外から戻ってきて、ゆうべはどこにいたとか、そんなことで口論になって、とうとう我慢できずに刺した。そう言ってたな」

恐らくは投票所の入場券を忘れ、二人はそれを取りに戻った。そのとき、娘と鉢合わせをし、口論になった――。

「おまえと良子はどうやって知り合った？」

中田は苦笑する。

「俺は質屋の常連だ。店で何度かやり取りしてるうちに……まあ、自然とな。親やチンピラの目を盗んで会って、そのたびに頼まれるんだよ。ここから連れだしてくれって。だけど、俺にそんな甲斐性《かいしょう》はないし、それに……度胸もなかったのさ。その挙げ句がこれだよ」

「最後の最後に男になろうとしたってわけか」

「あんた、恰好いいこと言うね。そう。良子の血を風呂場で洗って、綺麗な服に着替えさせた。俺は逆に血をなすりつけて、包丁に指紋をつけた。死体が長いこと見つからないと困るから、九時に店を開けた。そのあと、わざと人に見つかるように店を飛びだし、逃げた」

いずみの後ろにいる森が少しずつ身を左にずらしていく。今の位置で発砲し命中しなかった場合、弾が後ろの園児たちめがけて飛んでいく恐れもある。少し左にずれれば、外れても電柱か板塀に食いこむ。それを意図してのことだろうが、いずみは「うごくな」と目で合図を送る。中田はもう半ば、「落ちて」いる。

「良子と別れたのはどの辺りだ？」

「多摩水道橋の手前だよ。多摩川のどこかにしばらく身を隠していろって言いふくめてさ」

この辺りまでは、いずみが入力した資料と同じ展開なのだろう。この後、良子は中田の思いとは裏腹に、水道橋から発作的に飛び降りた。河原の石に頭を打ちつけ、そのまま彼女は命を落としたのだ。

一方、そんなこととは知らぬ中田は、わざと警察官の目に触れつつ逃走。白川医院に籠城し、射殺された。

「中田、我々はもう真相を知っている。もうこんなことは止めろ。園児たちに怖い思いをさせる必要はない」

「良子は、良子はどうしてる？」

「いま、行方を捜している」

「やっぱり、捕まっちまうのかなぁ」

「殺しは殺しだからな。しかし、情状酌量ということもある。ここで短気を起こさず、罪を償えば……」

そこにパトカーのサイレン音が聞こえてきた。いずみは思わず舌打ちをする。

近隣の誰かが、通報したに違いない。よりによってこのタイミングで……。

中田の顔色が変わった。

「くそっ」

幼稚園の中へと走りこもうとする。森がすかさず前に出た。

「動くな。持っているものを捨てろ！」

銃口の先には中田、そのさらに先には園庭の園児たちがいる。

いずみは叫んだ。

「撃つな！　下手をすると園児に当たる」

「ですが……」

パトカーが到着し、警官が三名、飛びだしてきた。管轄の多摩東警察署の者たちだ。

「下がれ」

いずみの声に、警官たちは怪訝な顔で歩みを止める。

「私は狛江警察署署長の柏田だ。ここにいるのは、登戸警察署の森巡査部長！」

警官三人はそのまま、パトカーに沿う形でゆっくりと後退してくれた。

しかし、中田の興奮は収まる様子もない。自棄《やけ》を起こしているのは、間違いなかった。

「なあ、俺を撃て。俺がここで死ねば、全部、俺がやったことになんだろう」

「それは判らん。いずれにせよ、良子さんは警察に保護され、取調べを受ける。果たして、彼女は
それに耐えられるだろうか」

「うるせえ。あいつはな、案外、しぶといところがあんだよ。警察なんか屁《へ》でもねえよ」

覚悟を決めた人間ほど、恐ろしいものはない。

「さあ、撃て！　いま撃たないと、ここに走りこんで、あのガキ共を血祭りにあげるぜ」

「森巡査部長、撃ってはならん。これははったりだ」

森は汗だくで、長く銃を構えていた腕は小刻みに震えている。

「中田……」

そこに新たなサイレン音が聞こえてきた。いずみは奥歯を嚙みしめる。これ以上、中田を刺激すれば……。

「しょちょぉぉぉぉぉ！」

聞き慣れた声だった。

振り向いたところには、副署長がいた。

「副署長！　どうしてここに⁉」

「我が署の優秀な者たちが、聞きこみと捜索の末、発見いたしました」

副署長の後ろから姿を見せたのは、若い刑事に手錠をはめられた良子であった。頭には包帯が巻かれている。

「良子！」

いずみの声と中田の叫びが重なった。

「多摩川の河原で倒れているところを保護しました。応急処置をほどこし、病院に向かう途中、中田発見の報を受け、念のため参上した次第です」

「副署長、大手柄だ！」

中田は包丁二本を放りだし、良子に駆け寄った。

いずみは、まだ銃を構えたままの森の肩に手を置く。

「これは神奈川県警の事件だ。君が処理すべきだろう」

森はうなずくと、良子の肩を抱く中田に近づいた。手には銀色の手錠が光っている。

シュィィィイン。

もはや聞き慣れたあの音が耳に響いてきた。

六

気づけば、目の前にはポルタがいて、足元には前川から受け取った箱が横倒しになって転がっている。

半日以上にわたたって走り回ったわけだが、いつものように疲労はまったく感じていない。すっきりとした気分で、箱を元に戻す。

こっちの世界に戻ったら戻ったで、山のような入力作業が待っている。

ただでさえ入力が追いつかないのに、今日はまた新たに何箱か追加が来たし……。

前川が持ちこんだ箱を見て、思わず「ん？」と声が出た。箱の数が明らかに減っている。

これって……。

ポルタの検索画面をだし、実松夫婦殺害事件の情報を表示する。

思っていた通り内容は大きく変わり、犯人は実松良子、犯人蔵匿罪として中田光雄の名前が記されている。二人とも重い懲役刑を言い渡されていたが、多少の情状酌量も加味してのものだった。

どちらも刑期を終えているが、その後の消息は不明だ。出所後、二人が夫婦となり幸せに暮らす――というのは、あまりに夢が過ぎるだろうか。

かなり無茶をさせてしまった柏田署長は、その後、警察学校の庶務部長へ異動。定年後は警備会社の相談役となり、七十二歳、病気のため他界していた。

磯部副署長は渋谷少年センター所長に異動、その後、港区運転免許試験場長を経て退職するが、交番相談員などの職務を通して、生涯、警察業務に携わり続けたとあった。

神奈川県警の森は、刑事畑一筋の警察官人生を送り、刑事部長にまで出世を遂げ、退官した。今は千葉の自宅で孫に囲まれる日々だという。次男は神奈川県警の警官となり、結婚後、妻の姓である前川を名乗っているとのことだ。

事件現場となった狛江の一帯も、今では様子が変わり、かつての面影はほとんどない。小夜子、たっちゃん、小野塚夫婦はその後、どうしたのだろうかと、思わず考えてしまう。

いずみは数を減らした箱を積み直す。この中の資料は、合同捜査における警視庁との軋轢《あつれき》ゆえ、こちらには開示されず、長らく県警の倉庫にしまい込まれていたものだ。つまり、二警察軋轢の象徴でもあった。その数が減ったということは、いずみと森の行動が、多少なりともそれぞれの警察の有り様に影響を与えたのだろうか。

そう信じたい。

いずみはポルタの電源を落とした。

一九七七

一

『一九七七年、わずか十一話で終了した幻の特撮ヒーローをご存じだろうか？』

そんな書きだしのネット記事を、五十嵐いずみは、疲れた目をこすりながら、読んでいる。

幼少期からほとんどテレビを見ずに育ったいずみには、まず「特撮」というものがよく判らない。子供向け番組のジャンルの一つ――アニメのライバルのようなもの？　程度の認識だ。

親が見ている横でニュースをぼんやりと眺め、学校のクラスで話題になっているドラマをながら見する。バラエティなどはすべてパス。それは、今も同じだ。仕事柄、テレビニュースを各局見るのは別として、たまに話題の韓国ドラマをスマートフォンで見る程度である。

そんないずみが、幻の特撮ヒーローを検索しているのは、今朝から入力を始めた、ある事件資料のせいであった。

『警察の誤認逮捕の影響で番組は打ち切り、その後、再放送の機会もなく、いまだソフト化も果たされていない』

そして記事のコメント欄には、警察への怨嗟《えんさ》の声が渦を巻いている。

「いや、それは警察を責めすぎでしょう。そもそも誤認逮捕などしていないし。あれはあくまで、任意の事情聴取だったのよ」

思わず独り言がついて出る。

確かに警察の行動に行き過ぎはあったかもしれないが、捜査のため必要なことだったのだ。まして、十歳の男の子の命がかかった状況にあっては。

『警察には猛省していただくとして、事件からもうすぐ五十年。そろそろ、長年の封印を解いてもよい頃合いだと思うのだが』

ネット記事はそう締めくくられていた。

勝手なことを言う。番組が打ち切りになったのは、警察のせいではない。あくまで、制作サイド、放送局の判断だ。再放送、ソフト化がされていないのも、すべて同じ事情である。警察は一切、タッチしていない。

それにしても、五十年近く前に作られた子供向け番組を、どうして人はそんなにも見たがるのだろうか。

「特撮」って、何だか面倒くさいジャンルなのね。

いずみは入力が終わったばかりの資料を手に取る。

「能ヶ谷《のうがや》警察署　小学生誘拐殺人事件」

手近な段ボール箱の中から、たまたま手にしたものだ。それが実に後味の悪い事件であり、そのとばっちりを食らって、一本の特撮ヒーローが、いまだ幻扱いされている。

事件が起きたのは一九七七年、七月十日だ。

町田《まちだ》市能ヶ谷町に住む村垣康夫《むらがきやすお》、さとみ夫婦の長男正敏《まさとし》十歳が行方不明となった。正敏は体調不良を訴え、金曜、土曜の二日学校を休み、十日日曜日も自宅で寝ていたという。しかし、その日の午後一時ごろ、母さとみの目を盗んで外出、そのまま帰宅しなかった。

村垣夫婦は、正敏の無断外出を知ってから六時間後の午後七時、小学校の担任であった永田浩司《ながたこうし》郎《ろう》に相談の上、警察に通報。付近一帯の捜索が開始される。同日午後十時十分、村垣宅に男の声で電話があり、正敏の身柄を預かったこと、身代金として五千万円を支払うよう告げた。

脅迫電話を受けて、警視庁は能ヶ谷警察署に捜査本部を設置。誘拐事件として捜査を始める。その一方でいくつかの疑問が浮上する。

村垣康夫は東京にある不動産会社勤務であったが、資産家ではなく、五千万という身代金を用立てる目処《めど》はついていなかった。それはさとみの側も同様で、彼女自身は専業主婦、実家も群馬で農業を営む、決して裕福という家柄ではなかった。

犯人はなぜ、資産家でもない村垣家を誘拐の標的としたのか。狂言、恨み、人違いなど様々な意見が出たものの、決め手となる証拠もなく、議論は平行線を辿《たど》った。

もう一つは脅迫電話がかかってきた時刻だ。なぜ拉致から九時間近くたってから、電話をかけてきたのか。その時点で村垣夫婦は警察に通報をしており、正敏の捜索も始まっていた。そのため誘拐という事実を伏せることもできず、多くの人間がそれを知ることとなった。

警察は情報の流出を最小限に止《とど》めるため、関係者に箝口令《かんこうれい》を敷く一方、マスコミとは報道協定を結び、犯人側の出方を見守った。

しかし、犯人からの電話はなく、正敏の手がかりも掴めぬまま、十一日の夜を迎える。午後十時、二度目の脅迫電話がかかる。やはり男の声で、身代金が集まったかどうかを尋ねた。その際、村垣康夫は警察の指示で、五千万が用意できず、もう少し時間が欲しいこと、正敏の声が聞きたい旨を犯人に伝えた。

犯人は電話口に正敏をだし、彼は「おうちに帰りたい」と泣きながら訴えた。

犯人はそのまま電話を切り、以降、一切の連絡を絶ってしまった。

警察は村垣家周辺や正敏が消息を絶った前後の状況を徹底して洗ったが、ついに犯人に結びつく要素は浮かばず、また正敏の行方も不明のまま、事件は迷宮入りとなった。

捜査官の中には、この誘拐が身代金目的ではなく、正敏の殺害こそが目的であったと主張する者もいた。根拠の一つとして挙げられたのは、脅迫電話の文言だ。犯人は二度の電話の中で、一度も警察に知らせるなとは言っていない。二度目の電話では、警察の介入を既に知っていた可能性も高い。にもかかわらず、警察については一言も言及していない。つまり、もともと身代金を取りに行くつもりなどなく、真の目的は正敏を殺害することだった——。

もっとも、この説には反論が相次いだ。犯人が二度の電話で交渉を打ち切ったのは、警察の介入を恐れたためと素直に考えるべきであるし、正敏殺害が目的だとしても動機はまったく不明である。村垣一家への怨恨の線はなく、子供である正敏が殺害されるほどの恨みを買うとも考え難い。

多くの議論がなされつつも、まもなく捜査本部は縮小され、事件は事実上の迷宮入りとなった。

村垣夫婦はその後も正敏の行方を捜し続け、駅前で手製のチラシを配ったりと懸命の活動を続けていた。だが一九八四年、丹沢《たんざわ》山中から子供の白骨遺体が見つかり、残された遺留品などから正敏と断定、事件から七年、彼の死亡が確定した。

村垣さとみはその後体調を崩し、翌年には他界。康夫は消息不明となった。

何ともやりきれない事件だ。

だが、どんな悲惨な事件であっても、時間がたてば風化し、人々の記憶からは消えていく。

「なのに、いまだ掘り返されちゃうんだもんねぇ」

未解決に終わった誘拐殺人事件は、今も一部の人々の記憶に残り続け、警察糾弾のネタにされている。その原因はほかでもない、あの特撮ヒーロー番組だ。

番組のタイトルは「ブルーマスク」。世界征服を目論《もくろ》む秘密結社から人々を守るため、たった一人で戦い続ける男の物語である。秘密結社の者たちは、皆、特殊能力の持ち主であり、それを使って人々を苦しめる。そんな中、同じ特殊能力を持ちながらも、悪に与《くみ》することを良しとせず、人々を守ると決めた男がいた。彼は全国を放浪しつつ、青色の仮面をかぶり、人知れず、戦いを続けていく。

事件が起きた七月十日、町田市能ヶ谷町四十二にある廃ビル跡地では、その「ブルーマスク」の撮影が行われていた。

正敏は撮影を見るために、母の目を盗み、自宅を抜けだした可能性が高いのだ。

捜査官たちは、十日、付近にいた撮影関係者たちに任意聴取を行い、あわせて周辺の聞きこみも行うなどして、徹底的な洗いだしを行った。

しかし、誘拐事件と関係のある人物は見つけだせず、犯人からの連絡が途絶えたことで、捜査は停滞する。

捜査本部は正敏誘拐を公開捜査に切り替えると共に、広く情報を募り、あわせて撮影関係者への聴取も続行した。だが聴取が長期化することで、正敏が「ブルーマスク」の撮影を見るため自宅を抜けだしたことがマスコミに漏れた。撮影側には何の落ち度もなかったが、マスコミは誘拐の責任は番組にもあり、のような書き方をし、世間もそれをそのまま受け止めた。放送局にはかなりの数の批判が寄せられ、その結果、「ブルーマスク」の打ち切りが決まった。事件発生時、八話までの放送が終了。事件当日は、十一話の撮影だった。そしてその日の撮影分が、「ブルーマスク」の最終回となったわけだ。

「ブルーマスク」は以降、再放送もされない幻の作品となり、二〇二〇年を超えた今でも、定期的に話題とされ、それに付随する形で、警察の汚点とも言うべき未解決事件も人々の目に晒《さら》され続けている。

いずみは入力途中、またあの現象が起きるのではないかと、内心、ハラハラしていた。未解決事件であり、悲劇的な結末を迎えてもいる。条件はピッタリだ。

キーを打ちながら、今しもパソコン「ポルタ」の画面が白く輝くのではないか――。

だが、入力が終了しても、「アレ」は起こらなかった。いずみが過去に飛ばされることもなく、村垣家を襲った悲劇は、今も変わっていない。

安堵を覚えつつも、正直、不満もあった。助けられるのであれば、助けたい。

いずみは何となく去りがたいものを感じ、捜査資料にあった撮影関係者数名の名を、ネットに入力してみた。監督、脚本家、主役を演じた俳優……。

大した情報は何もない。

気がつけば、一時間近くが経過していた。終業時間はとっくに過ぎている。

いったい何をやっているんだろう。

いずみは最後に一人の名前を入力する。

柳生光嘉《やぎゅうみつよし》。何とも厳めしい名前に目が留まったからだ。捜査資料に残された彼の職業は「俳優」とある。主役ではない脇のレギュラーだったのだろう。俳優は芸名と本名が併記されていたが、彼だけは柳生という名前だけが記されている。本名で活動していたのだろう。まあ、これだけ特徴的な名前なら、わざわざ芸名をつける必要も……。

検索ボタンを押した後、現れた画面を見ていずみは呆然とした。

彼は一九八〇年二月に、練馬《ねりま》区の路上で殺害されていた。後頭部を殴打され、財布など金目のものを根こそぎ盗まれていたという。強盗の線で捜査が進められたが、犯人はいまだ捕まっていない。

「何てこと⁉」

また声が出てしまう。

いずみは部屋に山と積まれた段ボール箱を見やる。この箱のどこかに、柳生光嘉殺害事件の資料も入っているはずだ。だが、ラベリングもされていないため、資料がいったい何処にあるのか、見当もつかない。

ひとまず、柳生光嘉の名前でさらに検索をかけてみた。

予想していたことではあったが、事件はほとんど報道もされておらず、情報は無いに等しかった。

判ったのは、柳生に不法侵入による逮捕歴が一件あったこと、空手はトーナメントで優勝するほどの腕前であり、町の空手道場で指導員をしながら生計をたてていたこと、正義感が強く皆に愛された存在であったこと、彼に恨みを抱く者がいたとは思えないこと——などであった。

怨恨の目がないことから、強盗の線を追ったわけか。

でも、空手の猛者《もさ》が簡単に後ろから殴られたりするものなのか。それに、軽犯罪とはいえ、逮捕歴があるというのは……。

次々と気になる点が出てくる。

いずみは犯罪データにアクセスし、柳生の不法侵入について、さらに詳しく調べてみた。

柳生が侵入したのは、一九七九年十二月。殺害される二ヶ月前だ。そして侵入したのは、永田浩司郎宅……。その名前には覚えがある。

村垣正敏の担任だ。

さらに調べてみると、柳生は同年同月、職務質問を二回受けていることが判った。場所は小田急線の鶴川《つるかわ》駅から数分の住宅街。村垣家の近所だ。もう一ヶ所は能ヶ谷商店街付近。法時克明《のりときかつあき》というヤクザ者と揉めているところを、通りかかった警官に事情を聞かれている。

法時克明なる名前は、捜査資料には出てこなかった。

いずみは腕を組み、連なる段ボール箱の山脈を見つめる。

これは調べてみる価値があるかもしれない。何日かかろうとも、柳生光嘉殺しの資料を探して……。

シュイイイイン。

あの音が耳元で響いた。

虚を衝《つ》かれた。

え⁉　今なの？

混乱の中、いずみは白い光の渦に巻かれ、何もない空間に体ごと投げだされた。

二

視界が開けると、いつにもまして殺風景な部屋が目に飛びこんできた。

「聲なきに聞き、形無きに見る」

この額が正面にあるのはいつものこととして、それが傾《かし》いでいるのはどうしたことか。川路大警視のお言葉が斜めになっている。署長の部屋として、そんなことが許されるのか。

板張りの床は掃除が行き届いているとは思えず、隅には埃が溜まっている。机も傷だらけであり、今までに見てきたものに比べ格段に小さい。灰皿はないが、椅子の脇には十キロのダンベルが二つ置いてあった。

一方、本来なら書類戸棚があるべき場所には、木の棒に縄を巻きつけたものが立っている。縄には何やら赤黒い染みがつき、妙な色を放っていた。これは、空手などで拳を鍛えるための巻き藁《わら》というヤツではないのか？　あらためて見回してみると、壁際には砂袋やゴムバンド、砂を詰めた一升瓶など、おおよそ署長の公務とは無関係なものが多数ある。

何なのよ、ここは。

いずみは名前入りのプレートを手に取った。

原尻雅人《はらじりまさと》とあった。鏡がないため、自身の顔を確認することはできないが、妙に体が軽い。捜査資料では事件当時五十七歳だったはず。この軽さは何？

立ち上がってみると、しなやかに腰が浮く。一方で妙に肩周りが重い。首もまるでテープを巻いているかのように動きが悪い。ふと両手に目を落として驚いた。指が太く、手の皮も分厚く大きい。指の付け根は奇妙な形に盛り上がっていて、表面がカチカチだ。

これってもしかして、拳ダコ？

警察学校の同期の中には空手の経験者が多くいた。中でも、黒帯の猛者たちの手は、どれもこんな感じだった。

足に目を向けると、太ももが木の幹のようにどっしりと太い。足も大きく、試しに足踏みをしてみると、思っていた以上に床が大きく鳴った。力が有り余って、コントロールできていない。

何なのよ、この署長。

我がことながら、不安になる。

壁の日めくりカレンダーを見ると、今は一九七七年七月十一日とある。時刻は午前四時。小さな窓の外は既にぼんやりと明るくなっていた。

さほどの暑さは感じないが、空は梅雨時らしくどんよりと厚い雲に覆われていた。

七月十一日は、村垣正敏が姿を消した翌日だ。やはりここは、誘拐事件の捜査本部が置かれた能ヶ谷警察署で間違いない。

既に最初の脅迫電話はかかってきており、署はまさに厳戒態勢といったところだろう。

いずみは椅子に戻り、考える。今回の務めは誘拐犯を突き止め、正敏を救うことだろう。

でもなぜ、今回の現象はいずみが資料を入力し終わった直後に起こらなかったのか。答えは一つだ。入力終了時点では、柳生の情報を知らなかったからだ。

今回の事件を解決し、無事、元の時代に戻るためには、何らかの形で柳生の助けがいる。

たしかに、警視庁が総力を挙げて捕まえることができなかった誘拐犯を、署長の姿を借りているとはいえ、いずみが独力で、それも一日で解決するのは、難しい、いや、不可能だろう。

ならば、どこからどう当たるべきなのか。

弱々しいノックが聞こえた。もう経験から大体、判る。このタイミングでやって来るのは、副署長だ。

「入りなさい」

ドアが軋みを上げながらそろそろと開く。隙間から顔をだしたのは、青白い顔をした若い男だった。

「署長、失礼いたします」

まるで猛獣の檻《おり》に足を踏み入れようとするかのような怯《おび》えっぷりだ。

「えっと、君は……」

「根田拓也《ねだたくや》巡査部長であります」

「あ、ああ、そうだった。それで巡査部長、どうかしたのか？　副署長はどうした？」

根田の動きがピタリと止まる。目が左右に泳ぎ、額から汗が噴き出ている。暑さのためだけではない。

「副署長は……その……ええ……」

「どうした？　はっきり言いなさい」

「はひっ」

いずみの問いに、根田は不自然なまでに動揺し言葉を失う。

「申し訳ありません。副署長病気療養につき、自分が、その代行を……」

「副署長が病気？」

「その件につきましては、署長もご了解済みかと」

「あ、ああ。了解はした……のかな。しかし、副署長の代行に君のような若者を選ぶというのは

……」

「申し訳ありません。自分で三人目であります」

「三人目？」

何となくだが、事態が読めてきた。どうやらこの原尻署長、かなり問題多き人物らしい。

「判った。とにかく、君の用件を聞こう」

「はい」

根田は明らかにホッとした様子である。

「撮影隊の関係者への聞き取りは、ほぼ終わりました。あまり長く署に留め置くのも目立つとのこ

とで、いったん、全員帰宅させることに決まりました。それで、よろしいでしょうか」

「本部の決定なのだろう？　もちろん、そうしてくれて構わない」

根田は一瞬、怪訝な表情を浮かべたが、すぐに「はい」と歯切れの良い返事をすると、逃げるように部屋を出ていった。

一人残ったいずみは、机の上で頭を抱えた。

原尻署長は空手一筋の武闘派、組織管理能力ゼロの男らしい。そんな輩《やから》がどうして署長になれたのか判らないが、この部屋の荒《すさ》んだ有様、部下の萎縮《いしゆく》した様子から見て、相当に横暴な上司であることは間違いない。副署長の病欠も、無関係ではないだろう。いずみの時代で言うパワハラがあったのかもしれない。

しかし、時に副署長には大いに助けられてきた。今回、その力が借りられないのは痛い。

「おっと、待ってくれ！」

いずみは椅子から立ち上がると、閉まったドアに向かって叫んだ。

ドアはすぐに開かれ、蒼白《そうはく》となった根田の顔がのぞく。

「申し訳ありません、署長、まだ何かございましたか？」

「そんなに恐縮することはない。もう少し、肩の力を抜きなさい」

「はっ」

根田はますます硬くなる。原尻、いったい毎日、何をしていたんだ？　いずみは呪詛《じゆそ》の念を送りつつ、根田に言う。

「撮影隊関係者の中に、柳生という者がいるか？」

「柳生？　はい、おります。珍しい名前ですので、よく覚えております」

「署長室に呼んでくれないか」

「は？」

「彼を呼んでくれ」

「判りました」

理由も聞かず、ドアの向こうに消える。

誘拐に関する手がかりは皆無の状態だ。そんな中で、一か八か、柳生に懸けてみる気になっていた。ポルタの意志に従えば、自《おの》ずと今後の展開が見えてくる。今までもそうだった。

ドアが手荒くノックされた。

「どうぞ」

ぬっと入ってきたのは、長身のすらりとした男だった。顔立ちは整っていて、肌は白い。黒く深い色をたたえた目には力があり、口元は意志の強さを物語るように、きつく結ばれていた。

「あんたが、署長さんか」

ぞんざいな口調で話し始めた男は、挑発的な態度で机の前に立つ。

椅子を勧めたいところだが、この部屋には定番の来客用応接セットもない。

「柳生光嘉さんだね？」

「ああ」

柳生は興味津々《しんしん》といった様子で、雑然とした部屋を見回す。

「署長さんも空手をやってるんだってな。相当な腕前だって聞いたけど」

「いやいや。昔とった何とやらでね。もう年だし、あなたのような若い人には到底、かなわないよ」

柳生はいずみの言葉に不審げな様子で首を傾げる。

「どうかしたのかな?」

「いや、署長さんの様子が、噂に聞いていたのと随分、違うからさ」

「噂と言うと?」

「能ヶ谷署の大虚《おおうつ》け」

いずみは苦笑する。原尻への評価は、あながち的外れではなかったわけだ。

「そんなに酷いのか」

「酷いも何も。部下を怒鳴る、殴る。面倒事はすべて丸投げ、ついでに失敗の責任も押しつける」

「それは酷い」

「表立って逆らえないのをいいことに、空手の有段者であることを笠《かさ》に着て……と、本人の前だから、このくらいにしておくか」

「もう十分だよ」

「とにかく、そんなふうに聞いていたからさ、どんな間抜けが出て来るのかと思ったら、案外、まともなんで面食らってるってわけだ。それで、俺にだけ、何の用なんだ? ほかのヤツらみんな、帰ったっていうのにさ」

「二、三、ききたいことがあるんだ」

「あの気の毒な坊やのことなら、散々、きかれたよ。ご両親には心から同情する。でも、悔しいけどさ、何にも見てないんだ」

「その前に、君は職業俳優となっているが、番組内では、何の役を演じているんだ? 失礼ながら主役ではないんだろう？」

「痛いところをずばっと突いてくるね。大虚けなんて言った仕返しか？　俺が何をやっているかなんて、どうせ知ってんだろう？」

「いや、本当に知らないんだ。捜査資料には何も書かれていなくて」

「資料？」

「いや、それはこっちのこと」

「何のことか判らんけど、失礼ながら、俺は主役だよ」

「何？」

柳生はこちらを小馬鹿にしたように笑う。

「だって俺はブルーマスクをやってるんだからさ。主役だろ？」

「しかし、ブルーマスクに変身する主人公には、別の役者が……」

「だから、俺がそのブルーマスクをやってるんだ」

「意味がよく判らないが……」

「主人公やってる役者は、変身したらどうなると思う？」

そこではたと気づいた。

「ブルーマスクのぬいぐるみには、君が入っている」

「ぬいぐるみとか言うな。着ぐるみ、いや、スーツと言って欲しいな」

「要するに、ブルーマスクの中には君が入り、アクションをするわけだ」

「そう。変身前のハンサム君は運動がからっきし、ダメらしいからな。変身後はすべて俺が演じている。つまり、俺こそがブルーマスク」

いずみは「スーツアクター」についての記事を読んだことを思いだした。変身ヒーローや怪獣のぬいぐるみ、いや、着ぐるみの中に入り、演技をする。顔こそ出ないけれど、ヒーローや怪獣の内面までを演じる、実に奥の深い表現者であると紹介されていた。

この時代にスーツアクターなる言葉はまだないが、柳生はその先駆け的な存在なわけだ。

柳生は尖った顎をツンと上げる。

「で？　俺に何の用なの？」

「ここを出たら、君はどこに行くつもりだ？」

切れ長の目をパチパチと瞬かせ、柳生はこちらを見た。

「意味がよく判らない」

「難しいことをきいているわけじゃない。ここを出たら、どうするつもりだ？　家に帰って寝るかね」

「寝られるわけないだろ」

柳生が拳で机を叩く。机上のものが、すべてピョコンと飛び上がる威力だった。

「十歳の子供がいなくなったんだ。放っておけるか。ここら辺を捜すさ」

「正義感が強いんだな」

「そんなんじゃない。刑事から、子供が家を出た状況を聞いた。書き置きがあったんだろう？『ブルーマスクに助けてもらう』って」

その情報は初耳だった。資料には詳細がはぶかれていたようだ。

いずみは口を閉じたまま、柳生の口が開くのを待つ。

「あの子はブルーマスクに会いに来る途中で誘拐されたんだ。責任を感じるじゃないか」

「誘拐は君のせいじゃない。それに、撮影関係者は多くいる。君だけが責任を感じる必要はない」

「いや……だけどさぁ」

柳生は思い詰めた様子で、きっと目を細めた。

「撮影現場にはさ、いつも見学の子供たちがいっぱい来るんだよ。どっから情報を手に入れるんだか判らないんだけど、遠巻きに俺たちを見てる。会社からは止められているけど、撮影の合間には、子供たちと握手したり、ちょっと遊んでやったり、そんなこともしてる。『ブルーマスク』はさ、子供たちのヒーローなんだよ」

柳生の熱い口調に圧《お》されて、いずみは口を挟むことができなかった。

「正敏君はさ、『ブルーマスクに助けてもらう』って書いてるんだよ。『ブルーマスクに会いに行く』じゃないんだよ」

その指摘には、いずみもはっとさせられた。

「君の言う通りだ。正敏君には助けてもらいたかった何かがあったことになるね」

「正敏君にとってはさ、俺が『ブルーマスク』なんだよ。本当は金のない売れない役者なんだけど」

どうやら、いずみの推測は当たっていたようだ。

一九八〇年、今から約二年半後に、目の前にいる男は後頭部を殴られ殺害される。

彼は、正敏誘拐事件の真相を探り続けていたのではないか。そして、真相に辿り着き、犯人によって口を封じられたのではないか。

「柳生君、一つ、頼みがあるんだ」

「警察署長の頼みなんて、冗談じゃない」

「最後まで聞いてくれ。私と一緒に、正敏君を捜してくれないか」

「あん？」

「このままでは、後手後手に回るだけだ。警察署長とブルーマスクで、正敏君を見つけだそうじゃないか」

柳生は呆気にとられた表情で、いずみの顔、正確には原尻の顔を見つめていた。

「本気で言ってるのか？」

「無論だ」

柳生はニヤリと笑いながら、両拳を合わせ、パキペキと鳴らした。

「大虚けだと思っていたがとんでもない。特大の大虚けだ」

「褒め言葉として受け取っておく。ではさっそく、出かけようか」

「待てよ。あんた、その恰好のまま行くのか？　私は警察官でございって宣伝してるようなものだぜ」

いずみは躊躇《ためら》いながらも、うなずいた。

捜査資料を読む限り、やはり犯人は警察の介入を最初から阻む気がなかったと思われる。

いずみは署長室のドアを開いた。

能ヶ谷署は鉄筋コンクリートの三階建て。署長室は二階にあるようだ。板張りの廊下は物々しい雰囲気に包まれていて、制服姿の警官たちが足早に行き交っている。彼らはいずみの姿を見ると、一瞬顔を強ばらせつつ、会釈しながら逃げるように離れていく。

原尻……。

もう一度、呪詛の念を投げる。

いずみは通りかかった若い警官に、根田を呼ぶよう頼んだ。警官は顔を伏せたまま、「はいっ」と投げ捨てるような返事を残し、去って行った。

署長室の中では、柳生が意味ありげにニヤついている。

「大虚け、人望も何もなかりけり」

いずみには返す言葉もない。

廊下を根田がトボトボとやって来る。そんなに署長に会うのが嫌なのか。

原尻……。

いずみの視線に気づいたのか、根田は廊下の隅でピョコンと本当に飛び上がった。

「署長！」

「そんなに怯えなくていい。二つ、調べて欲しいことがあるだけだ」

「お、怯えてなんか、おりません」

「そうか、それならいい。根田君、村垣正敏君の学校の担任、名前は知っているか」

「永田浩司郎だったかと」

「さすがだ、よく覚えていた。彼の評判について、聞きこみをして欲しいのだ。むろん、手の空いている者に手伝ってもらって構わない。大至急、お願いしたいのだが」

「は、はい、無論です」

根田の顔は、緊張で強ばっている。今にも便所に駆けこみそうな表情をしている。

「もう一つ、法時克明という男を知っているか？」

「はい。地元のチンピラです。この一帯は永金《えいきん》組の縄張りですが、その構成員、石間文三《いしまもんぞう》の弟分だったと」

「詳しいな」

「自分は保安課の所属であります」

「それはちょうどいい。法時の居所は摑めるかな」

「この時間だと、商店街にあるスナックにいることが多いようです」

「スナックの名前は」

「エジプタスです」

「判った、ありがとう。私はこの柳生さんと少し出てくる。署に電話を入れるから、そのとき、結果を知らせて欲しい」

「はい」

出てくると口にした瞬間、根田の顔にホッとした表情が一瞬浮かんだことを、いずみは見逃さなかった。

原尻……。

いずみは柳生と共に階段を下り、裏口へと回る。途中、何人かの署員と行き逢《い》《あ》ったが、皆、敬礼をするだけで、何か声をかけて来る者はいなかった。触らぬ神に祟《たた》りなし。そんな原則が徹底されているのだろう。

警察組織としてはまったくもって由々しき事態であるが、今回に限っては、あれこれ詮索されないのはありがたい。

時刻は午前五時を回り、既に周囲は十分に明るかった。曇り空だが雨が降りそうな様子はなく、気温も思ったほど高くはない。裏口から人気のない駐車場を横切り、細い路地へと出た。柳生は口を閉じたまま、大人しくついてくる。

警察署近辺の地理は、資料入力の際、大体、頭に入っている。

人通りのほとんどない道を、早足で進んでいく。

住宅街はまだ眠りの中にいるようで、新聞配達の自転車とすれ違った以外、人の姿はない。

「よう」

歩き始めて一分、柳生が後ろから声をかけてきた。

「何だね？」

「何処に向かってんだ？」

「何処だと思う？」

「エジプタスだろ？」

「当たりだ。なぜそう思った？」

「部下の警官にあれこれ聞いてたからさ。だけど、その何とかってチンピラ、今度の事件に関係あるのか？」

「判らん」

「判らんのに、会いに行くのか？　いい加減だな」

いい加減なんかじゃない。法時克明の情報をくれたのは、君自身なんだよ。

能ヶ谷の商店街は住宅地を南北に貫くようにして、延びている。アーケードのようなものはなく、細い道を挟んで個人経営の店が軒を連ねる、いずみにとっては観光地の土産物店を思わせる造りだった。

雑貨店、お菓子屋、本屋、玩具屋、魚屋、八百屋と屋号の看板を掲げた二階屋が並ぶ。シャッターを下ろしたままだった。

そんな商店街の中ほどに、「エジプタス」はあった。名前から連想されるエスニックな感じは微《み》塵《じん》もなく、ピンク色の何とも趣味の悪い立て看板に、緑で「エジプタス」とある。引き戸の脇には、「明朗会計」と書かれた古びたプレートもかかっている。戸の向こうからは、調子の外れた軍歌が聞こえてきた。

「勝ってぇ、来るぞといさまし――」

戸を開くと、三人の男たちによる剣呑《けんのん》な視線に出迎えられた。

店はカウンター七席だけの小さなもので、男たちは一番奥のスツールに並んで腰を下ろしていた。奥の壁にはマイク付きのラジカセとカラオケ用テープがぎっしり詰まったキャビネットがある。真ん中に座るアロハシャツ姿の男がマイクを持ち、「くぅ」と歌い上げようとした寸前の姿で固まっていた。

法時克明。いずみは当たりをつけた。両側を固めているのは、ボディーガード代わりの舎弟だろう。チンピラにしては随分とはぶりが良いようだった。

カウンターの向こうには、四十代から七十代のいずれにも見えるという不思議な外観の女性が、肘をついて、仏頂面のままタバコをふかしている。髪は紫で、節くれ立った指にはこれでもかと指輪がはまっていた。

「いらっしゃーい」

気のない挨拶に、法時が叫んだ。

「バカ、こいつら客じゃねえ」

「店に入ってきたら、誰でも客だよ」

「バカ、こいつの着てるものを見ろ。サツの制服だぞ!」

「バカバカ言うんなら、さっさと帰っとくれ。バカ」

「何だとこの……」

激高する法時を手前の男が止める。

「兄貴、今はママと喧嘩してる場合じゃないと思いますが」

「いや、だって客に向かってバカバカって……」

法時はいずみたちの存在を思いだしたようだった。

「そうだ、おまえの言うことは正しい。ママと喧嘩している場合じゃねぇ」

法時はマイクをカウンターの上に投げ捨てると、いずみたちに近づいてきた。

「あんたら、何?」

「署長だ」

「へ?」

「能ヶ谷警察署署長原尻」

「署長……原尻。どっかで聞いたことあんな」

いずみの背後で、柳生がつぶやいた。

「能ヶ谷の大虚け」

法時が手を打ち鳴らした。

「それだ！　バカ署長！　脳みそが筋肉だっていう空手バカ」

ママが怒鳴った。

「あんた、うちの客に向かって、バカバカ言うんじゃないない」

「だから、こいつらは客じゃねえ。署長だ」

「お楽しみのところ申し訳ないのだが、法時さん、あなたにちょっとおききしたいことがありまして」

「おききしたいことだ?」

法時が勢いよく立ち上がった。アロハの襟をはためかせ、いずみに詰め寄ってきた。

「上等だ、きいてもらおうじゃねえか。表に出ろ!」

モワンと酒臭い息がふきかかる。かなり酔っている。二人の舎弟が、両側から法時を押さえにかかる。

「兄貴、そいつはまずいんじゃねえですか。この人、署長ですぜ」

「署長がなんだ!」

「警察署で一番、偉い人ですぜ」

「警察がなんだ!」

「いや、警察はまずいでしょう」

埒《らち》があかない。

いずみはゆっくりと、わざと不遜な笑みを浮かべつつ言った。

「我々の方は構いませんよ。表に出ろと言うのであれば、出ましょう」

「いい度胸だ。さすが署長」

「さっさと出てっとくれ」

とママが言い、

「兄貴、やめて下さいよ」

と舎弟が半泣きになって押さえる。

狭いスナックは修羅場の様相だ。

舎弟の一人が、いずみに耳打ちをする。

「法時さん、頼りにしてた兄貴分が女と駆け落ちしちゃいましてね。ずっと荒れてんです。まともに相手しないでやってくれませんか」

「おう、何だテメエ、余計なこと言ってんじゃねえ」

いずみは法時に言った。

「店の中で大声だしては迷惑だ」

ママが鼻で笑う。

「ほかに客なんざ、いないけどね」

「とりあえず、外へ出ろや」

法時は鼻の穴を膨らませると、いずみとその後ろにいた柳生を押しのけ、店を出て行く。いずみは黙って、その後を追った。柳生は無表情のまま身を引いて、いずみを通した。

外は曇り空ながらも、すでに日が昇っており、湿気が全身にまとわりついてきた。

法時は店と店の間のわずかな隙間を、慣れた様子で入っていく。どうやら、こうしたシチュエーションはよくあることらしい。

細道を抜けた先は、四方を家に囲まれたいわゆる袋地だった。生ゴミやタバコの吸い殻、いかがわしい雑誌の類いが捨てられている。饐《す》えた臭いのするその場所で、法時は野良犬のように目を光らせる。

「さあ、署長さん、言う通りにしてやったぜ」

柳生と二人の舎弟も袋地に入ってきた。

いずみは法時と向き合い、尋ねた。

「村垣正敏君が行方不明になっている」

「知ってるよ。連れ去りだってみんな、噂している」

「その件について、君は何か知らないか」

法時の顔が歪み、野良犬が狂犬のようになった。

「そりゃどういうことだ。俺が人さらいに絡んでいるとでも？」

「いや、疑っているわけじゃない。付近一帯の人には皆、尋ねていることだ」

「こんな時間に、わざわざ行きつけの店にまで押しかけてきて、そんな戯言《たわごと》は通用しないぜ。何だって俺が、子供をさらうような真似、しなくちゃならないんだ？」

いずみは言葉に詰まる。彼が事件に関係している証拠はないし、名前が浮上するのは今から数年後、それも警察ではなく一般人柳生の行動によってだ。

黙っているいずみに対し、法時はますます激高する。

「理由もなく、俺を疑うのか⁉」

「金じゃないのか」

口を開いたのは、柳生だった。

「おまえの兄貴分、駆け落ちしちまったんだろ？　もしかして、組の金もちょろまかしてったんじゃないのか？　弟分だったおまえは、ケジメをつけろと上から言われている。兄貴分を見つけて捕まえるか、金で片をつけるか、二つに一つを迫られている」

法時がギリッと歯を嚙みしめている。図星のようだった。

柳生は続けた。

「切羽詰まったおまえは、手っ取り早く大金が稼げる方法に打って出た。誘拐だ」

「黙りやがれ」

柳生の言葉に、二人の舎弟も法時以上にいきりたった。

「テメエ、言っていいことと悪いことがあるぞ」

いずみは慌てて、三人と柳生の間に割って入る。

「あんたたちが何かしたと言っているわけじゃないんだ。まず話を……」

だが、もう三人を止める術はないように思えた。今まで法時を持て余しているようにしか見えなかった舎弟たちの豹変《ひょうへん》ぶりも、いずみを慌てさせる。

「俺たちが誘拐したって言うなら、証拠見せろや」

「大体な、法時兄貴にそんな度胸あるわけねえだろうが、このタコ」

「うるせえ」

法時が舎弟をひっぱたく。

いずみは声を張り上げた。

「とにかく、何も知らないのなら、それで構わない。我々は退散するよ」

法時がいずみの前に立ち塞がった。

「人に恥かかせといて、このままってか?」

いよいよ、引くつもりはないようだ。いずみも覚悟を決めた。

「では、どうしろというんだ?」

「落とし前つけさせてもらう」

いきなり殴りかかってきた。大きく振りかぶった拳は簡単に避けられる。何しろ、原尻は空手バカと呼ばれるほどの腕前だ。拳にタコもある。ヤクザの三人くらい、瞬殺だ。

いずみは拳を固める。まずは法時のパンチを避けて……。

拳が鼻の上に炸裂した。顔全体がカッと熱くなった瞬間、目の前が白くなり、激しい痛みと共に、意識が消えた。

三

鈍い痛みと鼻の中の違和感で目が覚めた。顔面に食らった拳の感触が、生々しく残っている。

体を起こそうとして、激しい目眩に襲われた。

「起き上がるなら、ゆっくりだ」

目を薄く開くと、あきれ顔で見下ろしている柳生の顔が飛びこんできた。

痛みに耐えながら起き上がる。鼻の中の違和感は、詰めこまれたティッシュのせいだと判った。

制服には点々と赤黒い染みが散っている。鼻血だろう。ティッシュはそれを止めるため、柳生が詰めてくれたらしい。

横たわっていたのは、袋地の隅だった。法時たちの姿は既にない。

腕時計を見ると、失神していたのは、ほんの十分ほどのようだ。

「ヤツら、さっさと逃げちまったよ。成り行きとはいえ、署長を殴り倒しちまったんだ。びびってるだろうよ」

壁に手をつき、何とか立ち上がる。制服は酷い有様だった。しわくちゃで泥やゴミがへばりついている。

柳生は笑いながら言った。

「その顔……明日はもっと腫れるぞ」

「いや、面目ない」

「驚いたよ。空手バカと言われるあんたが、あんなパンチを真正面から受けるなんてな」

「いや、それにはちょっと理由があって」

鍛え抜いた体、技術があっても、それを扱う頭脳がなければ、宝の持ち腐れになるわけか。警察学校でそれなりの修練を積んだが、空手に関しては門外漢だ。

柳生が顔を近づけてきて、鼻の様子を見た。若い男性の顔が間近に迫り、いずみは内心ドギマギする。

「どんな理由かは知らないが、鍛えた体は正直だ。あれだけ食らっても、骨折はしていない。もしかすると、奴らの指の骨が砕けているかもしれんな」

「電話をかけたいんだが」

何の収穫もなく、ただ殴られて気絶し、時間を無駄にした。穴があったら入りたい心持ちだが、落ちこんでいる暇はない。

「そこらへんに公衆電話があるだろ」

柳生はいたってそっけない。

「十円玉を貸してくれないか」

「やだね」

そっぽを向いてしまう。仕方なく制服のポケットを探ると、十円玉が二枚出てきた。

やるじゃないか、原尻。

商店街の通りに戻り、「エジプタス」向かいのタバコ屋に赤電話を見つけた。能ヶ谷署にかける。電話に出た女性警察官は、原尻の名前をきくと、「はっふっ」と妙な怪鳥音を発しながら、根田を呼びに言った。

「署長、今どちらに？」

根田の気弱そうな声が聞こえた。

「署の近くで聞きこみ中だ」

「聞きこみ？　実は、警察署長を騙《かた》る詐欺師がいるとのことで、商店街の『エジプタス』より通報がありまして……」

「無視しなさい」

「はい、無視します」

「それで永田の件なのだが」

「はい。一応の調べはつきました」

「ありがとう、ご苦労様」

根田が黙りこむ。

「どうした？」

「いえ、署長から労いの言葉をかけていただくのは、初めてだったものですから」

原尻……。

「結論から申しますと、教師としての評判は真っ二つに分かれておりました」

「というと？」

「永田氏は野球部の顧問を務めていて、まあ、そのぅ、何と申しますか……、運動至上主義的なと

かもしれませんが、実際に、永田氏が、運動部所属の生徒を依怙贔屓しているようなと
ころがあったようで」

「なるほど」

つまり、原尻のような男だったと言いたいのか。

「何人かの親に尋ねたところ、遅刻などの罰則に腕立て、校庭のランニングなどを科していたとか。

ある親は運動部所属の生徒を露骨に贔屓《ひいき》していたと言っていました」

「運動部所属の生徒、親たちの評価は高く、そうでない者の評価は低い」

「おっしゃる通りです。ただ、学校側からの評価は総じて高いようで、永田氏のやり方に対して、
指導、修正を進言するような動きはなかったようです」

話を聞き、いずみはげっそりする。この時代はまだ、体罰やいじめに対して信じられないほど寛
容だった。いじめなどという言葉すら、一般的ではなかった。また、生徒を廊下に立たせたり、ビ
ンタくらいは日常的に行われていたと聞く。また、そうした厳しさは親たちには歓迎され、熱血教
師として、評価、尊敬すらされていたらしい。

「署長?」

いずみの沈黙を不安に思ったのだろう、根田がか細い声で言った。

「ああ、すまない。よく調べてくれた。それで、村垣正敏君は、果たしてどちらの側だったのだろ
うか?」

「一応、それとなく確認をしてみました」

「根田君、いい仕事ぶりだ」

「ありがとうございます」

彼の声がまた震える。これしきのことでいちいち泣かれていては、話が進まない。

「礼はいい。それでどちらだったんだ?」

「正敏君は運動が得意な方ではなかったとのことで、永田氏からは厳しい指導を受けていたようです。ただ、具体的にどのようなものであったのかは、ほかの親たちも口を開きたがりませんで」

「いや、構わない。それだけ調べてくれれば十分だ。後はこちらでやる」

「はい……え? こちらでやる? 署長、いったい何をなさろうというのですか?」

「永田に会ってくる」

四

能ヶ谷第三小学校の校長室には、張り詰めた空気が満ちていた。

奥の重厚なデスクには小太りの校長が座り、仏頂面をいずみと柳生に向けている。

いずみたちは応接セットのソファに座り、両手を膝に置き、武道の試合にでも臨むかのような面持ちで熱を放っている男、永田浩司郎と向き合っている。

校長と永田に教頭を加えた三人は、正敏の一件で進展が見られた場合に備え、昨夜は学校に泊まったらしい。交代で寝ずの番をしていたため、教頭はいま仮眠室にいる。

「いったい、ボクに何をきこうって言うんです。警察の訪問を受けるなんて、まったくもって心外だ」

永田のキンキン耳障りな声が校長室に響き渡る。

いずみは言った。

「そんなに興奮なさらんで下さい。ただ正敏君の日頃についておききしたいだけなんです」

「正敏の日頃って、そのことが今回の件と何か関係あるんですか？」

「正敏君はいなくなる前から、学校を二日休んでいたとか」

「ええ。体調不良とのことでした。あまり休むと怠け癖がついて良くないと、ご両親には申し上げたのですが」

「しかし、体調が悪いのであれば、仕方ないのでは？」

「ちょっとばかり調子が悪いだけで、学校を休んでどうするんですか。ボクのクラスには、高熱をおしてでも、登校してくる子もいるんですよ」

「ですが……」

永田はいずみの言葉を制し、続けた。

「正敏は何と言うか、覇気に欠けるところがありましてね。毎日指導はしていたんですが、今ひとつ、素直なところがなく、理屈ばかりこねる」

「それで厳しく指導なさった？」

「当然でしょう。担任となったからには、生徒たちを立派に教育する義務がある。毎日、命がけで生徒たちと向き合っておりますよ」

目がキラキラと輝いている。自分自身に酔っているのだ。

「そのことが、正敏君には重荷になっていた可能性は？　彼が学校を休んだのは、あなたの指導についていけなかったからでは？」

「そんなことあるわけない」

永田は即答する。本気でそう思っているのだろう。

「あのぅ」

永田の後ろから、汗をふきふき、校長が口を挟んできた。

「横から恐縮ですが、署長さん、あなたのご質問は、今回の正敏君誘拐……いや、失踪と何か関係があるのですか」

「学校を休んでいた正敏君が、なぜ急に家を出たのか、ご存じですか？」

「詳しくは聞いておりませんが、何か子供番組の撮影を見るために出かけたとか」

永田が舌打ちをして吐き捨てる。

「だいたい、ああいう子供番組はいかんですよ。荒唐無稽で内容が何もない。あんなものにうつつを抜かしているから、ダメなんだ」

「ダメで何が悪い」

いずみが止める間もなく、柳生が怒りのこもった目で永田を睨みながら言った。

「それはあんたの独善的で狭い価値観に合わないからだけだろう」

「な……」

永田と校長は、柳生のことを刑事だと勝手に思いこんでいる。いずみはあえて訂正せず、勘違いに任せているだけだ。

「警察官がそんなことでいいのか。警官は子供たちの見本になる存在で……」

「くだらない筋肉バカに教えられる子供の方がよっぽど可哀想だよ」

「署長！　こんなことを言わせておいていいのか？　断固、抗議する」

「まあまあ」

いずみは敢えて笑みを浮かべつつ言った。

「話がそれてしまいましたがね、正敏君はただ番組の撮影を見に行ったわけじゃない。番組のヒーローに助けを求めに行ったんですよ」

「あん⁉」

永田には、まったく意味が判らないらしい。繊細な子供の心の内など、理解できない男であるから、当然だろう。

「正敏君にとって、番組の主人公は本物のヒーローだったんですよ。そして彼は、学校に行けないほど追い詰められていた。そんなとき、ヒーローが自宅の近くに来るという情報を知る。彼は一目散に家を出た」

永田の怒りのボルテージはみるみる沈静化していった。背後の校長を意識しつつ、両手をシャカシャカと摺り合わせる。

いずみは続けた。

「お判りのようですね。正敏君の悩みの種は何だったのか。彼にそのことをバラされると困る人物。例えば、学校の……」

「そこまでにしていただきましょう」

永田の後ろで、校長の目が光っていた。

「何の根拠もないことです」

「この事件は単純な誘拐と考えにくいところもありましてね。子供相手に怨恨の線などないと考えていましたが、人を恨むきっかけなどはいくらでもありますから」

「確かに、正敏君は永田君の指導に反発していた」

「反発って……」

立ち上がろうとする柳生をいずみは強く止める。

「校長、続けて下さい」

「ただ、我々の見たところ、そこまで追い詰められていたとは思えない」

「正敏君から直接話が聞けない今なら、何とでも言えますな」

「商店街の外れに『カメストーン』という駄菓子屋がある。生徒のたまり場のようになっているところだが、正敏君はそこに出入りしていたと聞く」

永田は怪訝な表情で校長を振り返る。

「そんな場所のこと、ボクも知りませんでした」

「知ったところで、君には理解できんだろうね。そこに来る子供たちの気持ちは。だがまあいい。君のやり方は一応のところ、上手くいっているんだ」

「はぁ」

いずみは立ち上がり、校長にだけ、頭を下げた。

「お疲れのところ、ありがとうございました。『カメストーン』に行ってみます」

「今なら子供たちもいない。ゆっくり話が聞けるでしょう」

いずみは柳生を促しつつ、校長室を出た。校庭を横切り、門を出るまで、柳生は無言だった。

校舎が見えなくなる辺りまできて、やっとぽつりとつぶやく。

「あんな教師がいるから……」

いずみの生きる四十数年後の世界も、学校を巡る問題は山積している。特にいじめの問題は深刻だ。

柳生の思い詰めた表情を見るに、彼もまた学校にあまり良い思い出はないのだろう。いずみの学校生活は可もなく不可もなくだった。何かに秀でて誉められることもなかったし、イジメの標的にされ辛い思いをすることもなかった。とにかく、静かで落ち着いた学校生活だった。

柳生は二年半後、永田宅へ不法侵入し、警察沙汰となる。いずみの出現によってその時間軸は失われてしまったが、彼もまた数年かけて永田に不信感を持ったのだろう。そして永田が犯人ではないかと疑った。

とはいえ、正直なところ、永田が誘拐殺人まで起こすとは考えにくい。彼は自身の正当性を微塵も疑っていない。正敏に何を言われたとしても、彼への風当たりが強まりこそすれ、永田が自らの行動を変える可能性は低い。まして、誘拐を装い正敏の口を封じるなど、まずあり得ない。

ではなぜ、柳生は殺害されたのだろう。もし彼の殺害が今回の事件に関係しているとすれば、永田と接触したことの延長線上に何かがあるのかもしれない。

いずみが「カメストーン」に向かっているのは、そのためでもあった。

正敏は今夜十時の電話まで生存が確認されている。それまでに、何とか犯人と監禁場所を突き止めねばならない。

さきほど通ったばかりの商店街を足早に進む。「エジプタス」の前を過ぎ、開店準備をしている本屋、魚屋の先が「カメストーン」だった。シャッターが閉まっているが、開店前であることは承知の上だ。インターホンの類いを探そうとして、シャッターに貼られた紙に気がついた。

『しばらくお休みします』

それだけが書かれている。

「休み……」

ただ立ち尽くすよりない。柳生が隣の魚屋に声をかけた。

「この店だけど、どうかしたの?」

ホースを持ち長靴をはいたはちまき姿の中年男性が、いずみの方をうかがいつつ、言った。

「警察の人?」

「ああ」

柳生はうなずく。自身の役どころを心得ているようだった。魚屋はぐっと顎を引き、ホースを床に置いた。

「入院しちゃったんだよ、珠子《たまこ》さん」

「珠子さんというのは、お店の?」

「ああ。ご主人が亡くなってから一人で切り盛りしてた。いい人でね。学校が終わると、いつも子供でいっぱいだった」

「入院というと、どこか体が悪かったんですか?」

「珠子さんが? そんなことあるかい。まあ、七十近かったのは確かだけど、体はいたって丈夫だったさ」

「じゃあ、どうして?」

「ヤクザもんだよ。旦那の残した借金の取り立てで、毎日のように来てた。店先で凄むもんだから、子供もだんだん、来にくくなって、珠子さん、落ちこんでたよ。その心労が祟ったんだな」

「ヤクザもの? もしかしてそいつは法時ってヤツじゃ?」

「違う、違う。あんなチンピラじゃねえよ。その兄貴分の石間とかいうヤツさ」

柳生はいずみと目を合わせ、意味ありげにうなずいた。

「そいつは、駆け落ちしたと聞きましたが」

「ああ。弟分の女をさらって、逃げたんだとさ。まったく、どこまでも腐ったヤツさ」

石間の相手というのは、法時の女だったわけか。それは泥酔もしたくなる。鼻の周りがズキズキと痛みだすのを感じつつ、いずみは思う。

「いなくなったのなら、もう取り立てではない。珠子さんも喜んでいるのでは？」

いずみの問いに、魚屋はうなずいた。

「あんまり大きな声じゃ言えないけどさ、夕べは被害者の会で祝杯あげたらしいよ。いなくなって喜ばれるなんて、『らくだ』だな」

「らくだ？」

いずみと柳生は同時に問い返した。

「何だ？『らくだ』知らないの？　若いのはともかく、署長さんも知らない？　落語、聴かないの？」

柳生が笑った。

「この人は落語なんて聴かないさ。そんな暇があったら、腕立てでもしてるよ」

「ふーん、そんなもんかね」

魚屋はいずみたちに興味を無くしたらしい。ホースを拾い上げると、「もういいかい」とこちらに背を向けた。

慌てていずみは言った。

「もう一つだけ。その被害者の会の面子を教えてもらえませんか」

「隣の珠子さん、金物屋の鉄三《てつぞう》、焼き鳥屋の正次郎《しょうじろう》、自転車屋の茂雄《しげお》の四人だ。例のヤクザに酷い目に遭わされてたから」

「ではこれが最後です。村垣正敏君は、お隣に来てましたか？」

魚屋はうなずいた。

「学校帰りにな。学校に馴染《なじ》めてなかったみたいだ。担任が嫌なヤツらしくてよ。珠子さん、親身になって話を聞いてたよ。こういうことは、かえって親には話しにくいらしい」

「ありがとうございます」

魚屋の前を離れ、「カメストーン」のシャッター、そしてそこに貼られた紙を見つめる。

「正敏君は、ここが閉まって、どうしたんだろう？」

「素直に家に帰ったとは思えないな。両親は何も知らなかったようだし」

「体調が悪いって正敏の言い分を、そのまま信じていたようだからな」

「なら一つ、きいてみようじゃないか」

「きくって誰に？」

「子供のことは子供にだよ」

五

登校時間ともなると、学校正門へと通じる一本道は通学児童であふれかえる。

商店街からの道を右に曲がった少し先に、ブルーマスクは立っていた。バイクのフルフェイスヘルメットを思わせる丸い頭部に、ゴーグル状になった目、シルバーの口にはギザギザのスリットがついていて、スズメバチを彷彿とさせる。鋭い突起のついた肩アーマーに、黒いスーツ、そこに鮮やかなブルーのラインが入っている。

「あ、ブルーマスク！」

そこここから歓声が上がり、瞬く間に子供たちに囲まれる。

「かっこいいー」

「握手して」

「なんでここにいるの？」

質問と要望が一斉に上がり、もみくちゃにされている。ブルーマスク、いや、柳生光嘉は、それらを適当にいなしつつ、一人一人と握手を交わしていた。

頃合いを見て、いずみは人だかりの中に入っていった。ブルーマスクの横に立つと、どこか不安げな子供たちに向かって尋ねた。

「この中で、村垣正敏君とお友達の子はいるかな？」

しばしの静寂の後、パラパラと手が挙がる。

「ありがとう。手を挙げた君たち、ちょっとだけお話をさせてもらえるかな」

柳生は握手を繰り返しながら、ほかの子供たちを正門の方へと誘導していく。

残ったのは三人の男の子だった。

いずみは腰をかがめ、視線を合わせて尋ねる。

「君たちは正敏君の友達？」

一番手前のやや年長と思われる子が答えた。

「うん。クラスは違うけど、『カメストーン』でいつも会うから」

「そう。でも、『カメストーン』最近、閉まってるよね」

後ろの二人が口を尖らせ、声を揃えて言った。

「つまんない」

「そうか。君たちは学校が終わった後、どうしているんだい？」

「図書館行ったり、うちに帰ったり」

後ろの二人もうなずく。

「正敏君がどうしていたか、知らないかな」

「いつもじゃないかもしれないけど、お店の裏にいたみたいだよ」

「お店って『カメストーン』のことかい？」

「うん。店のすぐ横に細い道があってさ、そこを抜けると、四角い場所に出るんだ」

袋地のことを言いたいようだった。「カメストーン」の裏手も袋地になっていたのだ。

後ろの一人が言った。

「危ないから入っちゃダメって言われてるよ」

「そうか。君たちはそれを守って、中には入らなかったんだな」

「うん。でも、正敏君が入っていくの、見たよ」

いずみは三人の頭をそっと撫《な》でた。

「ありがとう、助かったよ。さ、ブルーマスクと握手して、学校に行きなさい」

「はーい」

三人は今なお、子供たちに囲まれている柳生の許へと駆けていく。彼らからブルーマスクを引き剝がしては可哀想だ。ここはしばし、待つとしよう。

六

「カメストーン」裏の袋地は、「エジプタス」裏とは違い、入り組んだ形をしていた。強いて言えば、ひしゃげた五角形だろうか。そこそこの坪数があり、小さな家一軒くらいなら、十分に建つ。空の一升瓶やら丸めた新聞紙やら、ゴミ溜めのような有様だが、ここは正敏にとって唯一の安らげる空間だったのかもしれない。

黒ずみの浮き出た板壁、ひび割れと染みが浮き出た寒々としたコンクリート。コンクリートの壁には唯一、小さな窓がある。ガラスは埃だらけで、空き家となっているようだ。

袋地の真ん中に、いずみは一人立つ。

「カメストーン」横の細い路地を抜け、法時がひょいと顔を見せた。後ろには先より二人増え、四人の男を従えている。法時は最初から戦闘モードだった。

「おまえ、いったい何を嗅ぎ回ってる?」

「正敏君を捜しているだけだ」

「ふざけんじゃねえ。商店街をウロウロしていて、子供が見つかるわけねえだろう。本当の目的は何なんだ?」

「子供を捜す。それ以外に目的などない」

法時は気取った仕草で、パチンと指を鳴らした。

「やっちまえ」

四人が進み出る前に、いずみは言った。

「そんなことをしてタダで済むと思っているのか？　私は署長だぞ」

「署長も酋長も関係あるか。警察には、この四人のうち一人が名乗り出る手はずだ。テメエら、署長締める機会なんて滅多にねえぞ。気合い入れてやれ」

四人がいずみを取り囲んだ。

「署長さん、白状するなら今のうちだ」

「白状するのは、法時、君の方だ」

「あん」

音もなく、路地を抜け青い男が走り出てきた。仮面をかぶったその男は、唖然としている男二人を素早い蹴りでなぎ倒す。

「お、おまえはブルーマスク」

叫んだ男たちは太ももを蹴られた後、腹を殴られ、その場に崩れ落ちた。

一人残った法時は壁際まで後退し、ヘラヘラと笑っている。

「待って、何それ。ブルーマスクって……」

いずみは法時の前に立つと、その顔を睨みつけ、尋ねた。

「石間文三がいなくなったのは、いつだ？」

「へ？」

ブルーマスクの拳がうなり、法時の鼻先数センチのところで止まる。

「おまえの兄貴、石間文三がいなくなったのは、いつだ？」

「一週間くらい前だ……いや、一週間くらい前でございます」

「七月四日ってことか」

「いや、もう少し後だったかも……」

「はっきりしろ!!」

「えっと兄貴がいなくなって、捜し回ったのが七夕の日……。だから、その前日だ……でございます。はい」

「六日か。いなくなったことになぜ気がついた?」

「取り立ての待ち合わせ時間に現れず、一晩中、捜しても見つからなかったからです」

「駆け落ちしたと考えたのは?」

「新宿のスナックでホステスをしている花代《かよ》も一緒に消えていたからです。兄貴はずっと俺の女にちょっかいをだしていた……からでございます!」

「おまえがバラしたんじゃないのか?」

「め、滅相もないことでございます。ワタクシにそんな度胸はございません」

「そうだろうな」

「永金組があちこち捜し回っていますが、まだ見つかっていません」

「借金の取り立てと言ったな。誰の所に行く予定だった?」

法時は震える手で、いずみの背後を指した。そこには、「カメストーン」の壁がある。

「主人の珠子さんは入院中だ」

「留守の間に、金目のものを持ちだすって、兄貴が」

ブルーマスクの拳が法時の鼻を叩き潰した。

「はぐぅ」

「そのことは、おまえも知っていたのか?」

鼻から噴きだす血にまみれながら、法時はうなずいた。

「おまえもその場にいたのか？」

今度は首を横に振る。

「なぜだ？」

「そこまで、することはないって思ったから……でございますぅ」

「おまえ以外で、その件を知っていたのは？」

「兄貴のことだから、花代には知らせていたと思いますぅ」

ブルーマスクがまた法時を殴った。

「俺じゃないのにぃ」

拳をさらに振り上げるのを、いずみは止めた。

「このくらいにしておこう」

「すみません……すみません、許して……」

「許すも許さないも、私は正敏君を無事、助けだしたいだけだ。あんただって、子供のことは心配だろう？」

法時は鼻から血を跳ね飛ばしながら、大きく首を縦に振った。

「じゃあ、一つ、頼まれてくれないか。いなくなった兄貴分に代わって、借金の取り立てをやってもらいたい」

七

午後は気温が上がり、三十度超えの真夏日となった。暑さと湿気のせいか、商店街の人通りもめっきりと少なくなった。

いずみは商店街にある空き家の中で、じっと時の来るのを待っていた。元は酒屋か何かだったのだろう。埃の積もった薄暗い土間には、ビールケースや酒瓶を入れる木箱が転がっていた。

戸が開き、汗だくになった法時が駆けこんできた。鼻血は既に止まっているが、鼻の周りと口元がボコンと腫れ上がり、何とも痛々しい。

そんな法時は瓶のコーラをさしだした。

「お勤めご苦労様です」

瓶を受け取る。ヤクザから物を受け取るのは御法度だが、もはやそんな次元は越えている。強い炭酸が心地よい刺激となって喉をかけ抜けていく。

「美味《うま》いなぁ」

法時は自分の瓶には口をつけず、思い詰めた様子で、自身の足元を見つめている。

「署長さんの言ってること、ホントなんですかね」

「まだ証拠はない。でも、確かめてみる価値はある」

「兄貴にね、時々言われてたんですよ。もうヤクザの時代じゃない。早く足を洗えって」

「なるほど。それは先見の明があったな」

「今は、ヤクザなんかより、堅気の方がよっぽど怖い。もう口癖みたいに言ってましたよ」

「それも……正しいかな」

再び戸が開き、法時の舎弟の一人が入ってきた。さきほど手ひどく蹴り倒されたため、脇腹をかばい体が右に傾いている。

「動きました」

「早いな。まだ日が高いぜ」

「あなたがたの脅しが効いたんですよ」

いずみは空の瓶を足元に置くと、立ち上がる。

「それで、皆が集まった先は？」

「署長の予想通りでさ」

「よし、予定通りいくぞ」

「合点」

三人が外に出ると、わずかに切れた雲の隙間から、真っ赤な夕陽が顔をだしていた。

法時が激しく戸を叩くと、まもなく錠を外す音がした。

戸がわずかに開き、目をしょぼつかせた初老の男の顔がのぞいた。

「そんなに大きな音をたてんで下さい」

「うるせえ。今日訪ねることは、伝えてあるだろうが」

「それは、そうですが」

「手下の話じゃ、ほかの三軒、軒並み留守だってえじゃねえか。トンズラでもこきやがったのかと思ったが、そんな度胸、テメエらにはないよな」

「あの、お金の話は、あなたの兄貴分の……」

「その兄貴が姿を消したんだ。弟分が引き継ぐのが道理だろうよ。テメエらの借金、まとめて俺が引き受けるってのよ」

「そんな……」

「俺はよ、兄貴に女取られて機嫌が悪いんだ。いるんだろう、残りの三人、揃って出てきやがれ」

男は「はあ」と大きなため息をつくと、姿を消す。

「早くしろ！　グズグズしてると、乗りこむぞ」

戸が開き、三人の男がゾロゾロと出てきた。皆、疲労困憊《こんぱい》といった体《てい》だが、それでも恨みがましい目を法時に向ける。

「何だ、その目は」

「あんたね、あんまり阿漕なこと、言うもんじゃないよ」

リーダー格と思しき、体格のいい作業着姿の男が進み出た。

「こっちはもう腹を括《くく》ってるんだ。出るとこ出てもいいんだぜ」

法時は笑う。

「こりゃ手間がはぶけていいや。どうぞ、出るとこ出てもらいましょう。なあ、署長」

いずみは建物の陰から進み出た。三人は顔面蒼白となって絶句している。

「な、何だ、あんた」

「署長です」

「はぁ⁉」

「能ヶ谷署の署長です」

「署長？　署長って警察官なのか？」

「一応、警察官です」

「で、警察はあんた一人なの？」

「ええ」

「一人で何しに来たの？」

「あなた方を逮捕しに」

「へ？」

「あなたは、金物屋の児玉《こだま》鉄三さん、後ろにいるのは、焼き鳥屋の山形《やまがた》正次郎さん、そしてここは、自転車屋の間田《あいだ》茂雄さん、あんたの店だね？　あなたがた三人を石間文三殺害容疑で取り調べる」

三人は表情を失い幽鬼のように立ち尽くしている。

「苛烈な借金の取り立てなどに追い詰められ、あなたがたは石間殺害を企てた。最後の引き金となったのは、珠子さんの入院だろう。七月六日、珠子さん宅に石間が押し入ると知ったあなたがたは、待ち伏せをして、彼を殺害した。その後、ここにいる法時氏と付き合いのある女性花代さん宅にも押しかけ、彼女を殺害した。石間が言い寄っていたことを知っていたからだ。二人が同時に消えれば、駆け落ちが疑われる」

法時が歯を食いしばりながら、嗚咽《おえつ》をもらした。

「ひでえ。そんなことで、何も殺さなくても……」

「遺体は山の中にでも埋めたのかな？」

金物屋の鉄三が髭《ひげ》のそり残しが目立つ頬をジョリジョリと手でさすりつつ、言った。

「いったい何のことだか。そりゃ、石間には酷い目に遭わされてましたよ。殺してやりたいくらいだった。だけどね、思うのと本当にやるのとは大違いだよ。何ですか、我々がやったという証拠でもあるんですか？　というか、そもそも、石間の死体が出たんですか？」

「いや、そうした情報は入っていない」

鉄三は鼻を鳴らす。

「死体もないのに、殺したとか言われたんじゃあ、たまらねえや。署長さんだか何だか知らないが、今日のところは帰ってくれ」

「おうちの中を拝見するだけでも、ダメですかね」

「ダメに決まってる。帰ってくれ」

「中を見られたら、困ることでも？」

「そんなもん、あるわけがない。あんた、俺らが何も知らないと思ってるな。家に入るには令状ってのが必要なんだ。ドラマでやってたぞ」

三人は戸口に横並びとなり、いずみの侵入を断固阻止する構えだ。

彼らの背後、暗がりの階段から、ブルーマスクが下りて来た。腕には子供をしっかりと抱き抱えている。

気配に振り返った三人は、一様に「ひっ」と息を詰めた。

「な、なんだ、おまえは？　妙な恰好しやがって」

仮面を通して、低い男の声がする。

「オレはブルーマスクさ」

子供は笑顔であり、いずみを認めると、得意げに言い放った。

「ブルーマスクが助けてくれたよ。悪いヤツらから、助けてくれたんだ」

いずみは子供に向かってたずねた。

「君、名前は？」

「村垣正敏。この三人に捕まって、二階に閉じこめられていたんだ」

笑ってはいるが、少年の目は真っ赤で、頬には涙の伝った跡がありありと見える。

「正敏君、すぐにお父さん、お母さんに会わせてあげる。だけどその前に、一つだけきかせてくれないか。君は六日、学校が終わった後、『カメストーン』の裏にある空き地に行かなかったかい？」

正敏はうなずく。

「そこで何か見なかったかい？」

正敏は絶句する。その小さな手が、ブルーマスクの手を摑んでいた。ブルーマスクが優しくうなずくと、少年は怯えの色を浮かべつつも、はっきりと言った。

「この三人が男の人に何かしてた。動かなくなった男の人を、袋に詰めていたよ」

「君はそれをどこから見た？」

「カメストーンの裏の空地から。物音が聞こえて、窓から店の中をのぞいていたら……」

「翌日は普通に学校に行ってるね？」

「何かの見間違いかと思って。荷物を袋に詰めていただけなのかなって。でも、学校の帰り道、この人たちが、恐い顔でこっちを見てたんだ。それで次の日から……」

「ありがとう。後でまた、ゆっくりと聞かせてほしい」

鉄三がブルーマスクを睨みながら言った。

「こ、こいつは何なんだ⁉」

「裏からハシゴをかけて、屋根伝いに二階の部屋へ入ったんだ。焼き鳥屋には従業員がいる。金物屋には奥さんがいる。自転車屋は独り身だ。子供を監禁するならここだと考えた」

「こ、このヤクザたちは？」

「あんたら三人を下に集めるため、働いてもらった。正敏君の見張りを解く必要があったからな」

「あのブルーナントカいうヤツの恰好は？」

「正敏君に騒がれないための方策だ。憧れのブルーマスクが助けに来てくれたのなら、言うことをきいてくれるだろうからね」

「くそっ」

「正敏君に石間殺しを目撃されたことに気づいたおまえたちは、誘拐に見せかけ、彼の口を封じようとしたんだな。畜生以下の外道ども」

いずみはうなだれている法時に声をかけた。

「悪いが、警察にこのことを知らせてくれないか。今回は本当に世話になった」

法時は手下と連れ立ち、公衆電話に向かって歩いて行く。

いずみはブルーマスクを見る。マスクのため柳生の顔は見えないが、互いの気持ちが通じていることはよく判った。

正敏が「助けてもらう」と書いたのは、殺人の目撃談と三人組のことだったのだ。そしてブルーマスクは、その願いに応えた。

柳生は正敏をゆっくりと下ろした。笑顔の正敏は柳生を見上げて言う。

「ありがとう、ブルーマスク」

いきなり目の前が白くなった。

シュイィイイン。

いずみの意識はまた、広い無の空間へと投げだされる。

八

現代に戻ってきたいずみが最初に行ったのは、「ブルーマスク」について検索することだった。

幻の特撮番組の記事は消えてなくなり、代わって「ブルーマスク」が一九七七年六月から一年間、合計四十八話が放送されたとあった。しかし、終盤は視聴率が伸び悩み、続編等は作られず仕舞い。現代においても、やはりマイナー作品の一つとして紹介されていた。

村垣正敏を巡る事件のデータは当然のことながら激変していた。正敏は命を落とすことなく生還、鉄三たち三人は二名の殺人、死体遺棄、さらに未成年者誘拐で逮捕、起訴されていた。判決はかなり重いもので、一人は裁判中に、二人は獄中で病死していた。

法時についていては、何のデータも出てこなかった。ヤクザを辞めたのか、続けたのかは判らないが、ひとまず逮捕歴がないだけでも良しとすべきか。

筋肉バカと呼ばれていた原尻は、事件の一年後に足腰を痛め、依願退職していた。退職時の写真が一枚、残っていた。そこには部下の面々から花束を渡され、照れた様子の原尻が写っていた。周りを取り巻く署員たちの表情は明るい。どうやら、最後の一年で、彼は「筋肉バカ」という汚名を返上したようだった。根田は、一警察官として定年まで勤め上げたと記録にはあった。

柳生は、「ブルーマスク」終了後も数々の特撮番組でヒーローを演じたらしい。四十代になってからは後進の育成に努め、スーツアクターの先駆者として、知る人ぞ知る存在となっていた。

最近、「ブルーマスク」は海外での評価が高く、アメリカで行われたファンミーティングで、屈強な白人に囲まれる柳生の写真がネットに出ていた。老齢と呼べる年齢になっていたが、物怖《ものお》じしない、勝ち気な表情は健在だった。

村垣正敏の消息については、あえて調べなかった。事件、学校など、十歳の彼を取り巻く環境は厳しかった。ヒーローとの一瞬の邂逅《かいこう》が、彼の力になってくれればと願わずにはいられない。

ポルタの画面に通販サイトをだした。検索すると、「ブルーマスク」コンプリートＤＶＤボックスが表示される。特典映像として、柳生のインタビューも収録されているらしい。

「でもやっぱり、いらないか」

いずみはサイトを閉じ、ポルタの電源を落とす。帰ったらまた、流行《はや》りの韓国ドラマを見よう。

二〇二二

一

捜査資料入力用のパソコン「ポルタ」の前に一通の封筒が置かれていた。五十嵐いずみがそれに気がついたのは、出勤し、日課となるストレッチを行い、ハーブティーを入れたサーモスの蓋を開けようとしたときだった。

警視庁本部の地下深くにある「史料編纂室」に、いずみ以外の人間がやって来ることはまれである。たまに入力用資料の詰まった段ボール箱が届けられる程度で、おそらく本部に勤務する警察官、いや、全国の警察官のほとんどが、この場所の存在すら知らないに違いない。

だから、愛用のデスクに封筒が置かれているだなんて、想像もしていなかったのだ。

慌てて封を開き、中身を確認する。クリアファイルに入った書類に目を通し、いずみは「なーんだ」と独りつぶやいて、書類を入力用キーボードの脇に置いた。

書類の宛名は警視庁地域課資料管理部となっていて、まあ要するに、配達する人間が封筒の届け先を間違えたのだ。

ホッとしたような、がっかりしたような、何とも治まりのつかない気持ちを抱えながら、いずみは椅子に座る。

たった一人で黙々と資料を入力する単調な毎日。その始まりに多少の変化がもたらされるのではと、少し期待してしまった自分が情けない。

もっとも、ここに配属となって一年近く、いずみは都合四回、常識を遥かに超えた奇妙な体験をしている。単調な毎日などと愚痴を言っていたら、バチが当たるかもしれない。

ただ、その奇妙な体験もここ二ヶ月ほどは音沙汰なしで、いずみ自身、多少の刺激を欲してはいた。

書類は、身元不明死体の情報共有に関するものだった。五日前の十一月五日、奥多摩《おくたま》山中で発見された女性の身元不明死体に関する詳細をデータ化し、警視庁管内各警察署に通達、死体の身元についての情報を求めたい——との趣旨だ。

依頼者は奥多摩東警察署で、警視庁地域課でデータ化の後、各所轄生活安全課に送付して欲しい旨が書かれていた。

「やれやれ」

書類を階上の地域課に届ければ、一件落着。ただ、朝のこの時間はエレベーターが大混雑なので、少し後にしよう。少しくらい遅れても、別段、問題はあるまい。

それでは自分の仕事を——とデスク横に積まれた段ボール箱に目を向けたとき、パソコン「ポルタ」の画面が白く輝いた。

シユィイイイン。

独特の作動音を発し、画面が立ち上がる。

「あれ？　私、ポルタを起動させてたっけ？」

いずみの前任者から引き継いだパソコンは、数世代前の、骨董《こっとう》的価値があろうかというほどの代物だ。ＯＳなどを総入れ替えし、カスタマイズすることで、何とか動いてはいるものの、いつ煙を噴いてもおかしくはない。

であるから、起動ボタンを押さなくてもいつの間にか立ち上がっている――ようなことは、しょっちゅうだった。

いずみはポルタに向かって言う。

「何なの？　もしかして、この書類、気になるの？」

一日のほとんどを一人で過ごしているため、職務中の話し相手は、常にポルタである。「独り言」という認識はない。

ポルタはシューシューと低い音をだしながら、入力用の専用フォームを画面に表示している。

「まあ、書式は似たようなものだし、こっちで入力して地域課に送ってあげたら、喜ばれるかもしれないけど……」

余計なことをするなと怒鳴られるリスクもゼロではない。

そんなことを考えつつも、実はいずみの心は決まっている。

警察官たるもの、第一に考えるのは被害者の気持ちだ。身元不明で捜査もままならない被害者は、一刻も早い情報の共有を願っているに違いない。

いずみは椅子に座り直すと背筋を伸ばし、あらためて書類に目を通していった。

遺体が見つかったのは、奥多摩山中とはいえ、登山ルートが傍にあり、休日ともなると登山客が列を成すような場所だった。十一月五日午前、そんな登山客の一人が偶然、地中からのぞいている死体の一部を見つけ一一〇番通報した。

前日深夜から当日明け方にかけて、現場一帯には大雨が降り、そのため地盤の一部が流出、埋めた死体が露出してしまったと見られる。

死体は女性。四十代後半で死因は扼殺《やくさつ》。背後から腕で絞めつけられたものらしい。着衣等はそのままだったが、財布や携帯など身元を示すようなものは所持しておらず、指紋もヒットしなかった。

解剖の結果、被害者が埋められたのは十一月四日の深夜、雨が降りだす直前らしく、死亡推定時刻は十一月四日の午後十一時から五日の午前一時の間であるとされた。

しかし、現場周辺の聞きこみからもめぼしい情報は得られず、被害者が近隣住民ではないことが判明しただけだった。

死体発見現場から五分ほどのところには町営の駐車場があり、犯人は深夜に車でやって来て、死体を登山道脇に埋めたものと思われる。

書類には死体の顔写真とそれを元に作成された似顔絵も添付されていた。死体写真は泥こそ付着してはいたが、外傷などはほとんどなく、数々の生々しい写真を目にしてきたいずみにとっては、安らかにすら見えるものだった。

奥多摩東署では、着衣の購入経路などから身元の特定に努めているが、今のところ、空振りが続いている。

特記事項としては、被害者の上着の内ポケットに懐中時計が入っており、それが何らかの衝撃で壊れ、十一時二十四分をさして止まっていたこと。もっとも、時計の損壊が殺害時に起きたとの証拠はなく、また午前なのか午後なのかも判らず、結局、身元、殺害場所等すべて不明のまま、既に数日が経過してしまっているのが現状だった。

これでは捜査陣に焦りが生まれるのも当然だろう。面子を捨ててでも他の警察署に協力を求めたくなるのも判る。

いずみは最後に似顔絵も確認する。身元特定のためとはいえ、一般人に死体の写真を突きつけるわけにもいかず、似顔絵を作ったのだろう。専門家が描いただけあって、よく似ている。細面でややつり目気味、唇も薄く、顔の印象は極めて薄い。これといって特徴がなく、大人数の中に埋もれてしまうタイプだ。

身元の特定には苦労しそうだな。いずみはそんなことを思いつつ、完成した書類を地域課宛に送信する。

送信が完了したところで、毎日チェックしているニュースの時間だと気づいた。

壁際の棚にある小型の液晶テレビをつける。

緊迫した男性アナウンサーの顔が現れた。

「いま、入ってきた情報です」

彼が告げる。

「五反田《ごたんだ》警察署の署長、姉帯近文《あねたいちかふみ》さんの遺体が発見されたとのことです」

いずみは思わず身を乗りだして、画面に見入った。

「繰り返します、五反田警察署の署長、姉帯近文さんの遺体が……」

同じ事を繰り返さなくて良いから、もっと詳しく教えてくれ！

アナウンサーはやや興奮ぎみの口調で続けた。

「遺体には複数の刺し傷があり、姉帯さんが何者かに殺害されたとして……」

シュイイイイン。

耳元で、あの聞き慣れた音がした。ポルタの画面が白く光っている。

「まって、もう少しだけニュースを……」

叫びも虚しく、いずみの意識は何もない空間へと飛ばされていった。

二

そこはもはや、なじみと言っても良い場所だった。

いずみは重厚なデスクに座り、正面にかけられた額の文字を見ている。

「聲無きに聞き、形無きに見る」

川路大警視のお言葉だ。

この現象も五回目。もう慌てふためくこともないが、今回は突然のタイミングだったので、まだ心の準備が整っていない。

腰かけたまま深呼吸を繰り返し、現状の把握に努める。

まずすべきは、氏名の確認だ。デスクにあるネームプレートに手を伸ばそうとして、動きを止める。

何かがいつもと違う。何だろう、このぼんやりとした感覚。

デスクの端に置かれたあるものに目が留まった。最新型のスマートフォンだ。

いずみも機種変更を考えていて、候補の一つに挙げていたものだった。性能、デザインは申し分ないが、いかんせん値が張る。どうしたものか。二日悩み、あきらめの方向に傾きつつあった。

いいなぁ。署長ともなると、値段のことで悩む必要なくなるのかなぁ。

そして、いずみは現実に立ち返る。

スマホ……って、じゃあ、今はいったい何年何月なの⁉

壁に目をやるが、カレンダーはかかっていない。そ、そうか、スマホで確認すればいいのか。

顔認証でロックを解除、画面に表示された年月日を見た。

二〇二二年、十一月九日。

昨日だ。

いずみに起こる奇妙な現象は、過去へのタイムスリップだ。今までに四回、うち三回は、いずみが生まれる前への時間旅行だった。

たしかに、今回も過去へのタイムスリップには違いないけど……。

一日だけ？

同時に、摑みどころのない違和感の正体も判明していた。空気感だ。過去四回は、いずれもその場の空気がまったく異なっていた。科学技術やモラルなど、時代を取り巻く状況がまったく違うのであるから、それは当然といえば当然だ。

対して今回は、感じる空気にほとんど変化がない。いつもいずみが感じている空気そのままなのだ。

一日だけなんだから、当たり前よね。

納得をしながら、ようやくネームプレートに手を伸ばす。そこに刻まれた名前を見て、いずみは思わず頰を緩めた。

予想はしていた。でも、それが現実となれば、もう笑うしかないじゃないの。

姉帯近文。プレートにはそうあった。

彼はあと数時間後、何者かによって殺される。

画面に表示された時刻は午前八時二十五分だった。いずみが姉帯殺害のニュースを見たのは、ほぼ二十四時間後だ。何だか日本語がおかしくなってきた。

あのニュース映像を思い返してみる。同じ情報を繰り返す、興奮ぎみの男性アナウンサー。名前、死体が見つかったこと、死体には刺し傷があり殺害されたと思われること――。

それだけだ。いつ、どこで殺害されたのかは、まったく報じられていなかった。

「まったくもう！」

椅子に座ったまま、いずみは一人、叫んでいた。怒りの矛先は、「ポルタ」である。

どうしてこのタイミングだったのか。もう少し、情報を得られてから飛ばしてくれても良さそうなものなのに。

これでは、自分がいつどこで殺されるのか判らない。

報道が午前八時半ごろなのだから、当然、死体発見はもっと前だ。殺害後、死体発見までの時間経過も不明であるから、先手を打って殺害を防ぐことすらできない。

もしいずみが体を借りている署長が殺されたら、いずみはどうなるのだろう。あっさり、元の時間軸に戻れるのだろうか。それとも……。

冗談じゃない。

焦りが募り、頭が働かない。

いや待てよ。いずみは過去四回の体験を思い返す。それぞれに危機的な状況ではあったが、その都度、何とか乗り切り、無事、元の時代に戻ることができたではないか。

今回だって……。

冷静さを取り戻すと、妙案はすぐにやってきた。

自分がいるのは、警察署の中だ。姉帯は五反田警察署の署長だとニュースでも言っていた。

警察署の中といえば、安全性はかなり高い。いや、警察署の署長室ほど安全な場所など、そうそうないと言ってよい。ならば丸一日、ここに閉じこもっていたらどうだろう。

いや、ダメだ。この時代、といっても一日前にすぎないけど、に飛ばされたということは、何らかの使命があるはずだ。使命の遂行に許された時間は二十四時間で、もしそれが達成できなかった場合は……。

何のアクションも起こさなければ、それはそれで何らかのバッドエンディングが待っている恐れはある。

それに、署長の殺害場所は不明であるから、署長室で殺される可能性だってゼロではない。もし犯人が警察官であったら、署長室に閉じこもっていたところで、命を守りきれるとは限らない。

要するに、自分が殺される前に犯人を見つけろってことか。

でもいったい、どうやって？　今までは、入力した捜査資料という強力な手がかりがあった。未来の情報を手にしていたからこそ、いずみは数々の危機を乗り越えることができたのだ。

対して今は、何の手がかりも持ち合わせていない。犯人を見つけろって、どうすればいいのよ。

「ポルタ」覚えていなさい。やはり今回ばかりは、怒りを抑えることができない。

呼吸を整え、できることを探す。

まずは、自分の容姿の確認だ。見たところ、かなり腹が出っ張っており、お世辞にも健康的とは言えない体の持ち主のようだ。デスク右側の引きだしを開けると、一番上に手鏡が入っていた。おそるおそる顔を映してみる。この瞬間だけは、いくら経験しても慣れない。映しだされたのは、ふくよかな丸顔で、穏やかな目は警察官のものとは思えない。白髪頭は癖が強いのか、寝癖のようにクリクリと丸まっており、ところどころピョンピョンと跳びはねている。

手鏡をしまったいずみは、真ん中の引きだしを開ける。ラップトップがしまわれている。デスクの上に置き、起動させた。幸い、指紋認証と顔認証で開くことができた。

セキュリティを詳細に確認している暇はないが、署長専用のパソコンなのだから、その辺の心配は無用だろう。

人事のデータをだし、そこにいずみの専用パスコードを入れる。

職員全員のデータの中から、姉帯を検索した。

ノンキャリアでありながらも、堅実に実績を積み上げ、警視正となり署長にまで上り詰めた。そんな印象の人物だが、ここ十数年の経歴にいずみは目を留める。目白北《めじろきた》署の刑事総務課長、西巣鴨《にしすがも》署少年事件課長までは良いとして、そこから秋葉原《あきはばら》署の副署長を七年、続いて新深川《しんふかがわ》警察署の副署長を七年務めている。二つの警察署で副署長を計十四年。署長として五反田に赴任したのは昨年のことだ。

副署長は署長以上に実務能力が必要と言われる。警察署の顔として署長が表舞台に立つ一方、副署長は縁の下の力持ちとして、警察署の機能全般に目を配らねばならない。

そんな副署長職を長期間にわたって務めたというのは、やはりそれだけの能力があり、彼が上層部の一部から重用されていたと考えることもできる。実際、姉帯が長くいた二つの警察署の実績はすこぶる良く、そこの署長経験者は例外なく出世をしていた。

それぞれの因果関係は不明だが、考えられる可能性は一つある。

もしかして、私ってすごく優秀なの？

座ったままいずみは腕を組む。

前提条件が一つ整った。姉帯署長は極めて優秀な人物である。となると、いったい何が考えられる？

そのまま五分ほど、知恵をしぼってみた。

何も出てこない。姉帯がどれだけ優秀でも、今の中身はいずみなのだ。それに、どんな名探偵であっても、まるで手がかりがない状態では、推理のしようがないではないか。

出てくるのは愚痴ばかり。完全に負のスパイラルだ。

「ポルタめぇ」

そうつぶやいたとき、ふと思いついたことがあった。

あの封筒だ。奥多摩山中で見つかった身元不明の死体。今回の現象は、あれの入力後に起きた。

もしかして、関係があるっていうの？

しかし、管轄は奥多摩東署だ。ここ五反田とは何キロも離れている。

藁にもすがる思いで、いずみはデスクの引きだしをさらに開けていく。何か手がかりとなるものが残ってはいないか。

パソコンの中身もざっと確認してみたが、日々の業務日程などがあるだけで、めぼしい情報は皆無だった。もっとも、極めて機密性の高い業務内容を、パソコン等に保存しておくのは、今のご時世、危機意識がなさすぎる。優秀と目される姉帯署長であれば、そのくらいの気遣いはするはずだ。

目当てのものは、五分ほどで見つかった。デスク左側の一番下の引きだし、クリアファイルに収められた各種報告書の一番下に、ラベリングも何もされていない、手書きのメモなどが数枚、納められていた。

一枚目には、「西五反田九丁目交差点死亡事故」との走り書きがある。

二枚目は管内の地図を縮小コピーしたもの。西五反田九丁目交差点と思しき場所に赤丸が描かれていた。

三枚目はメモで、「ハイツアトランタ、騒音苦情、地域課に確認」とある。

再度、地図で確認したところ、ハイツアトランタは、西五反田九丁目交差点の北西側にある低層五階建てのマンションであることが判った。

いずみは早速、聞き慣れない交差点について検索をかけてみる。

それによれば、西五反田九丁目交差点は、西五反田九丁目一帯の再開発により、一昨年末新たにできた交差点の名称とのことだった。

商店街や住宅地をまとめて買い上げ、高層マンションと最新オフィスビルに生まれ変わらせる。五反田—大崎《おおさき》間の再開発と双璧をなすこのビッグプロジェクトは、着工から七年を経て、一昨年末に、完成した。街は完全に生まれ変わり、かつての面影はないという。

道路もすべて碁盤の目状に整備し直され、付近を走る都道三一七号線や国道一号線の渋滞緩和にも寄与しているらしい。

完成当初は新たな街並みが評判となり、ニュース番組にも登場したほどだが、やがて思いがけない問題が持ち上がる。西五反田九丁目交差点で、事故が多発し始めたのだ。

事故が起きるのはほとんどが夜間であり、右折時の衝突、左折時の二輪車巻きこみ、歩行者との接触、街路樹等への衝突などの単独事故まで、ありとあらゆる事故が起きていた。交通事故のデパートという有り難くない名称までネットには載っている。

理由としては、街路樹などの影響で見通しがよくないこと、交差点に面したビル、マンションの一階はコンビニなどの店舗となっている物件が多く、搬入車両の違法駐車がたびたび行われていたこと、地下駐車場への出入口が多くあり、その出入りのために、通行が滞りがちであったこと、渋滞回避の抜け道として使用されているため、想定より交通量が遥かに多くなったこと、などが挙げられていた。

交差点の運用が始まった一昨年末から昨年までの事故は実に九件、うち一件は死亡事故である。死亡事故は運転者の居眠り運転による信号無視が主原因となっていた。死亡したのは運転手だ。その他、怪我《けが》人が出た事案としては、女の子とバイクの接触事故、信号待ちの車に後続車が追突、右折車と直進車の接触事故など。たしかに、事故のデパートだ。

警察としても様々な施策を講じたはずだが、残念ながら今年は八月時点で、死亡事故を含む七件の事故が既に起きていた。施策はまったく効果を挙げていない。

事故多発交差点は、杉並区にある大原《おおはら》交差点と豊島区池袋《いけぶくろ》にある六《む》ツ又《また》交差点などが有名だが、この調子では遠からず年間事故件数ワースト一〇入りするのは確実だ。

管轄警察署である五反田署にも多くの非難が寄せられていたに違いない。署長も最重要案件としてメモしておいたのだろうか……。

いや、それならば、直接、交通課の責任者に申し伝えれば良い。メモ書きにして、引きだしの奥にしまっておく必要はない。

いずみはデスクにある電話の受話器を取り、交通課にかけた。すぐに応答がある。

「交通課長吉田《よしだ》です」

明るく落ち着いた声が聞こえた。

「ああ……ええっと、姉帯です」

「署長。何か？」

「先日起きた、西五反田九丁目交差点の死亡事故の件なのだが……」

　吉田の声がやや硬くなった。

「概要については、報告書にまとめた通りです。携帯電話使用による脇見運転ということで、結論が出ております」

「脇見……ですか」

　吉田の声に疑念の色がさした。

「署長、何か報告書に疑問点でも？」

「そういうことではないのだが……」

　いずみはまだ、死亡事故の詳細すら知らない。どう答えたものか言い淀んでいると、吉田が先回りをして答えてくれた。

「一昨日も、事故現場を訪ねられたと聞いています。何か疑問がおありでしたら、その旨……」

「現場を訪ねた？　私が？」

「は？　交通課の堺《さかい》彩香《あやか》巡査の運転で、現場を訪問されたと、署長自身からご連絡を頂戴しておりましたのですが」

「え？　ああ、そうだったかね」

「堺巡査からも、そのように聞いております」

「それで、その堺巡査は勤務中かな？」

「はい。本日は内勤予定でありまして……」

「また、現場に連れて行ってもらえないだろうか」

「は？」

「堺巡査の運転で、現場に行きたいんだ」

「署長、それは……」

吉田が絞りだした声は何とも悲痛な響きを伴っていた。いずみは慌てて言い添える。

「いや、君の報告書に不満があるわけではないのだ。これは、あくまで、私の個人的なというか、まあ、何というか、そんなところだ。頼むよ」

いずみは受話器を置いた。事故多発交差点という難題を抱え、吉田には各方面からの圧力がかかっているに違いない。そんな中で、もっとも頼りにすべき署長から、ハシゴを外されたに等しい扱いを受ければ、交通課長として、いよいよ追い詰められた心持ちになることだろう。

いずみは心の内で頭を下げる。今は各個人の心情を慮《おもんぱか》っている余裕がない。

何しろ、自分はまもなく殺されるのだから。

三

「それにしても、噂通りで驚きました」

ハンドルを握りながら、堺彩香は大きな目をキラキラさせ、助手席のいずみを見た。交通取締に当たる、いわゆるミニパトに姉帯の図体は少々きつかったが、今は贅沢が言える身分ではない。

いずみは話の組立てに注意しながら、堺に探りを入れていく。

「また、引っ張りだしてすまなかったね。忙しいだろうに」

「いえ、とんでもないです。署長を乗せて運転するなんて、夢にも思いませんでしたけど、けっこう楽しかったですから」

堺は物怖じしない性格のようで、署長相手にも必要以上にかしこまることがない。その点、いずみはホッとする。

「前回と同じ所を回って欲しいのだけれど、お願いできるかな」

「もちろんです。西五反田九丁目交差点ですよね。そこを左折したら、もうすぐです」

ウインカーをだし、歩行者に注意を払いつつ、左折する。交通課勤務になって三年とのことだが、さすがにハンドルさばきも慣れたものである。

「このあたりもすっかり変わったのだろうねぇ。私は赴任二年目だから、昔のことはまったく知らないのだが」

いずみはそれとなく言ってみた。

「私も、生まれは三鷹《みたか》の方で、三年前、こちらの配属になるまで、一度も来たことはなかったのです。ですから、私も署長と同じで、昔のことは何も知らないんです」

車道の両側に並ぶ、高層のオフィスビルとマンション。歩道は広く、街路樹のイチョウが黄色く色づいている。ビジネスマンやバギーを押す女性、一階のコンビニから走り出てくる子供たちなど、街全体が活気づいていた。

堺が違法駐車の車にキラリと目を光らせつつ、言った。

「でも、これだけ人流が変わり、人口も増えると、私たちの仕事も増える一方で……」

会話の相手が署長であることを思いだしたのか、彼女はでかかった愚痴を慌てて飲みこんだ。

「いや、えっと、えへん！　交差点はあそこです」

前方に信号機が見えてきた。

「今日はどうしますか？」

「この間と同じようにやってくれるか」

「判りました」

堺はパトカーを直進させ、ちょうど赤になった信号で停車する。

二車線道路が交わる交差点だ。両側には高層のオフィスビル、通りを挟んだ前方の左手には低層のマンション「ハイツアトランタ」、右手には一階がコンビニとなったタワー型高層マンションが聳える。

歩道はかなり広く取られていて、道沿いにはトウカエデの木が葉を茂らせていた。一方で道路には違法駐車が多く、コンビニの搬入トラックが堂々と道を塞いでいる。

さらに交通量は意外と多い。営業車やバイク、トラックがけっこうなスピードで走っている。

「これは、たしかに、危ないねぇ」

いずみのつぶやきを、堺は無言で受け止めている。

信号が変わりパトカーは低速で直進する。

「先日の事故車両は、ここを直進中、事故を起こしたんだね」

「はい。赤信号で停車中の車両が急発進し、左側の鉄柵と街路樹に突っこみました。運転していたのは……あ、もうご存じですよね」

「すまない、情報を整理したくてね。もう一度、説明してくれないかな」

堺は怪訝な顔も見せず、低速走行しながら、話し始める。

「運転していたのは、濱本大介《はまもとだいすけ》、七十二歳。衝突の衝撃で頭を強打、病院に運ばれましたが、二時間後に死亡しました」

「事故原因は何だったんだ?」

「携帯を見ていたためと思われます。助手席に濱本氏の携帯が落ちていました。携帯に気を取られ、信号が変わったと思いこみ、慌てて発進しようとしたところ、ハンドルを切りそこねたと思われます」

「携帯を見ていただけで、そこまでハンドルさばきを間違えたりするだろうか？」

「ご家族の話では、濱本氏は二年前に軽い脳梗塞を発症、麻痺《まひ》などの障害は残らなかったそうですが、最近、歩行に支障が出るようになり、免許証の返納を話し合っていたところだったそうです」

「事故が起きたのは午後十一時を回っている。そんな時刻に老人が一人、何処に行こうとしていたのだろう？」

「日課のドライブだったそうです。ご本人は免許返納に難色を示していて――」

「運転ができることをアピールするための、日課。そういうことか」

堺はハンドルを右に切る。両側の光景は、相変わらず、高層ビルが続く。デザインにさほどの違いがあるわけでもなく、慣れないと現在地が判らなくなりそうだ。

現代の団地みたいだな。

車はまた右折。秋晴れの午前中、日差しの中は暖かいらしく、中には半袖の者もいる。

そんな平和な光景を見つめながら、いずみは交差点の情景を思い返していた。

概要を聞いたところ、ただの事故で間違いない。高齢者の不幸な事故だ。

そこに姉帯は、いったい何を見いだしたのだろうか。

やや速度を上げ直線道路を進んだパトカーは三度目の右折をした。これで、スタート地点に戻ってきた。

「二周目、いきますね」

堺は言う。

「二周目ね……」

「お尋ねして良いかどうか判らないのですが、署長はなぜ、こんなことを？」

「……なぜ？」

「はい、なぜ？」

「堺巡査、君は最初、私を噂通りの人物だと言った。その噂というのは、どんなものなのかな」

堺は一瞬、困り顔になる。口は災いの元。そんな格言が思い浮かんでいるのだろう。

「いや、噂といっても……」

「構わないから聞かせてくれ。あれこれ言われていることは、これでも自覚している」

それでも堺はためらっている様子だった。先も通った直線道路を、やはり低速で進み始める。

「私はただ、人が言っているのを聞いただけなんですけど……」

「それを噂って言うんだ」

堺はクスリと歯を見せて笑う。

「署長は現場に出る人だと。部屋でハンコを押してるだけではなくて、気がついたら誰よりも情報を持っていて、いつのまにか結果を持ってくる」

「持ってくる？　結果をだすのではなく？」

「私はそう聞きました」

「そうか……私のようなタイプは、嫌われるだろうねぇ」

「署長が副署長を務めていらした署では、毎年、あれこれ理由をつけては、異動を阻止していたとか」

「それは、本当のこと？」

「噂です」

堺は意味ありげに笑う。

七年と七年で十四年。長期の「副署長歴」はそういうことなのか。

一人納得するいずみの横で、堺は静かに車を路肩に寄せ、停止させた。

「二周目、信号の手前で、署長は急に車を止めろとおっしゃいましたよね」

「あ、そ、そうだったね。その後、君は……」

「車に残りました。署長一人だけ車を降りられ、交差点を行ったり来たりされていました。今だから申し上げますが、注目の的でした。テレビの撮影かと、何度も質問を受けました」

「ああ、そう……。それは、申し訳ない」

この制服のまま、人々の往来激しい交差点でウロウロしていれば、当然の反応だろう。

しかし、姉帯はなぜそんな行動を取ったのだろう。

コンコンとウインドウを叩かれ、我に返る。

腰をかがめ、車の中をのぞきこむ男性の顔があった。五十代後半、濁った目でいずみを睨みつけている。

「あっ」

堺がとっさに警察無線に手を伸ばした。それを留め、いずみは尋ねる。

「彼は何者だ?」

「署長、ご存じないのですか? 柴田渡《しばたわたる》です」

「ちょっと思いだせないな」

堺もさすがにあきれ顔になる。

「署長も会っているはずです。一年前に、交差点で亡くなった方の友人です」

「え？　あ、ああ……。去年の死亡事故ね」

「居眠り運転で赤信号の交差点に進入。途中で気づきブレーキを踏んだためスリップして停車中のトラックに衝突しました。運転者はシートベルトも未着用で、外に放りだされ、即死でした」

「酷いねぇ」

「違法駐車中であったトラックにもペナルティはありますが、基本的にはドライバーに過失があります。遺族の皆さんは納得しているのですが、柴田さんは今でも、再三、署を訪れては、交差点の安全管理改善を訴えているんです。交差点の街路樹の伐採、防犯カメラの設置、巡回パトロールの強化。正直、課長も手を焼いているというか……」

今度は少し手荒くウインドウがノックされた。柴田という男性の表情を見る限り、怒りのボルテージは増しているようだ。

「判った。少し話を聞こうじゃないか」

堺が目を見開く。

「降りるんですか？　止めて下さい、危険です」

「公衆の面前で、殴ったりはしないだろう。大丈夫だ。それに、このまま走り去るというわけにも、いかない」

堺は覚悟を決めた体で言った。

「私が行きます。署長はここを動かないで下さい」

「そうもいかないよ。私は君の上司であり上官だ。私が対処する。君は運転席を離れないこと。これは命令だ。もし私の身に何かあれば、応援を要請してくれ」

シートベルトを外し、ドアを開けた。

「何をコソコソ喋ってるんだ！」

柴田のガラガラと濁った声が響いた。

「柴田さん、落ち着いて下さい。市民の皆さんが見ていますよ」

パトカーに怒鳴る中年の男性。道行く者たちの好奇心を刺激する一幕だ。動画に撮られている可能性もある。

「見られて困るのは、そっちじゃないのか」

柴田は万事、心得ている様子だった。

「ここで会ったが百年目ってヤツさ。署に行っても、下っ端しか出てこない」

「柴田さんのことは、すべて交通課長から聞いております。防犯カメラの設置など、打てる手はすべて打ちますから」

「あんたらはいつもそうじゃないか。やるやるって言うだけでやりゃしない。やるやる詐欺だよ、まったく」

柴田の声はどんどん大きくなっていく。

「柴田さん、どうか、落ち着いて」

「向かいのコンビニを見ろよ。来週末に店の前で試飲会だか何だかのイベントをやるんだってよ。すっかり綺麗にしちまいやがって。あそこでは人が亡くなってるんだよ」

柴田は涙ぐんでいる。いずみには、かける言葉もない。

「と、とにかく、署長。あんたには伝えたからな。ちゃんとしてくれよ」

柴田は気が済んだのか、目頭を押さえつつ離れていく。周りの野次馬たちも、三々五々、散っていった。

重い疲労感に包まれつつ、いずみはパトカーに戻る。運転席では、身を硬くした堺が怯えた様子でこちらを見た。

「署長……」

「大丈夫だ。気にすることはない。彼の気持ちも判らなくはないから」

「ですが、今のやり取り、何人かが動画撮影していました。ネットに上がることは間違いないかと」

「構わんさ。市民の訴えに耳を傾けていただけのことだ。堂々としていればいい」

いずみは一呼吸置いて、続けた。

「彼のせいで、すっかり調子が狂ってしまった。前回、ここに来たとき、私は……車から降りて……」

「交差点を渡り、マンション、ハイツアトランタの三階あたりをじっと見上げておられました」

「三階……」

今いる位置からだと、街路樹に遮られ、三階の様子を見ることはできない。

いったい何が、姉帯の興味を引いたのか。現場までくればと期待を持っていたが、物事、そう上手くは運ばない。

「いったん、署に戻ろうか」

落胆を見て取ったのだろう、堺は不安気に横目でこちらの様子をうかがっている。

「よろしいんですか？　私でしたら、まだ……」

「いや、署を空けておくのもまずいだろうから、ひとまず戻ろう」

「判りました」

ウインカーをだし、車をスタートさせようとするが、道はいつの間にか渋滞しており、信号が変わるまで身動きができそうもない。

「この先の一号線で工事が行われているんです。ちょうど、十時から始まるって聞いていたので……」

いずみたちのいる道を進んでいくと、最後には国道一号線に出る。その交差点で工事が始まっているわけだ。交差点の通行が滞り、周辺一帯で渋滞が起こる。

「申し訳ありません。すっかり忘れていて」

「別に構わないよ」

「そうだ、時間と言えば、署長、事故の起きた時間に随分こだわっておられましたが、結論は出たのでしょうか?」

「時間?」

「はい。濱本氏の事故が起きたのは、午後十一時二十四分でした。そのことを署長はとても気にしておられました」

その時刻を、いずみはどこかで目にしている。

「待てよ。事故が起きたのは……」

「十一月四日です」

十一月四日、午後十一時二十四分。

壊れた懐中時計だ。午後十一時二十四分。身元不明の遺体――。

「待った!」

アクセルを踏もうとしていた堺は、慌ててペダルを踏み換えた。

「ど、どうしました？」

「すまない。車をだすのは、少し待って欲しい」

いずみはシートベルトを外すと、ドアを開け再び外に出た。

道は渋滞していて、車の動きは完全にストップしている。

いずみは信号を無視して、横断歩道を渡り、交差点の真ん中で止まる。クラクションを鳴らす車もなく、堺をはじめドライバーたちは、ポカンと口を開けて、こちらを見つめていた。署長の服というのは、やはり便利だ。

いずみは前後に少しずつ場所を変えながら、ハイツアトランタを見上げた。

街路樹に遮られ、住居の窓やベランダはほとんど見ることができないが、車道の真ん中、停止線の直前あたりからならば、ちょうど枝葉の切れ目になっていて三階角の部屋を、見ることができた。

そこは、信号待ちで車が止まる場所——事故直後、濱本氏が急発進をしたまさにその位置だ。

ここに至って、いずみは姉帯が残したもう一つの走り書きを思い起こす。

マンションの騒音苦情である。

姉帯という男、恐ろしく有能——というか、警察官としてはあまりに変わっている。

いずみは堺の許に戻ると、一人で帰署するよう伝えた。

「どういうことでしょうか。署長は一人でここに残られると？」

「少し調べたいことがあってね」

堺はブルンブルンと大きく首を左右に振る。

「そんなことできません。私もご一緒します」

「それには及ばない」

「ですが……」

「これも署長命令だ。この交差点で私が何をしたのか、詳細は報告して構わない。また、私がここにいることも、言ってもらって構わない。だが、今は私を一人にしておいてくれ。頼む」

堺は到底承服しかねるという顔付きだったが、やがてぷいと顔を背けると、後部シートにあったものを差しだした。

「せめて、これを着て下さい。夜にかけてはぐっと冷えるそうです」

薄手のロングコートだった。

「吉田交通課長より言付かってきましたので。それと、これはご依頼の西五反田九丁目交差点の事故報告書のまとめです」

「そうか。それはすまない」

コートとファイル入りの封筒を受け取る。いずみがコートを羽織ると、堺は言った。

「くれぐれも、お気をつけて」

「判った」

ドアを閉め歩道に戻ると、歩き始めた。パトカーがゆっくりと始動し、走り去るのをいずみは気配で捉えていた。

せっかく自身の時間を割いて行動を共にしてくれたのに、こんな形で追い返すこととなり、堺巡査には申し訳なさでいっぱいだった。

心の内で詫びつつも、いずみは焦っていた。

今はどこで誰が、自分を殺害しようと襲ってくるか判らない。堺を帰らせたのも、まず第一に巻き添えとなることを避けるため。第二に、犯人が警察官である可能性を排除できないため、一人になりたかったからである。

「その時」はいつどのようにして来るのか判らない。何とか、それまでに——。

いずみは足を速めた。

四

ハイツアトランタの管理人は、いずみの姿を見ると、親しげな笑みを浮かべつつ、メガネを外した。

「ああ、署長さん」

身分証を見せる必要もなかった。姉帯は既に一度、ここに来ているらしい。

いずみは笑みを浮かべつつ、何とか話を合わせていく。

「先日はどうも」

「いやあ、署長さん自ら何度も。大変ですねぇ」

管理人は薄いブルーのシャツを着ており、胸に「山城《やましろ》」というネームプレートをつけている。

「実はまだ調べ残したことがありましてね」

「今度は何です？　田中春男《たなかはるお》さんとお話はされました？」

田中春男とは、いったい誰だ。姉帯はいずみの想像以上に、「独自捜査」を進めていたようだ。

「ええっと、田中さんというと、あの三階の？」

カマをかけてみる。この辺の呼吸は、過去四回の冒険で自然と身についたものだ。

管理人はうなずく。

「三〇一号のね。あれから少し気にしているんですが、見かけませんねぇ。もっとも、私は昼だけの勤務ですから、夜のことは判りかねるんですがね」

何の疑いもなく話す管理人には申し訳なさでいっぱいだが、もう少々、「協力」してもらうことにする。

「実は女性を捜していましてね」

身元不明女性の顔の特徴を語って聞かせる。

「こんな感じの女性、こちらにいませんかね」

口頭の説明だけで心許ない限りだったが、いずみには似顔絵を描くほどの絵心はない。

一方、山城はこちらの話にふんふんとうなずいて見せると、デスクにあった紙を取り、さらさらと鉛筆で何かを描いていった。

「こんな感じの女性ですか？」

驚くべきことに、示された紙にはあの女性の顔が見事に描きだされていた。

「こ、これは……」

「前にも申し上げたでしょう？　私、警備会社に入る前は警察官でしてね。刑事畑で、似顔絵描き、得意だったんですよ。わりと重宝されたんです」

何とも得がたい偶然だ。

「これは見事だ。素晴らしい技術ですねぇ」

「いやいや。本職はもっと上手く描きますよ。それで、この女性なんですがね」

「心当たりがありますか？」

「心当たりも何も、二階、二〇二号の清乃三枝《せいのみえ》さんですよ。この人がまた何か？」

管理人の表情には、訳ありのニュアンスがありありと浮かんでいた。

「清乃三枝さんに、何か問題でも？」

「ええ。ちょっと困った方ではありましてね」

「と言うと？」

「神経質な方で、ご近所とのトラブルが絶えないんですよ。お隣の二〇一号にはお子さんがいらっしゃるんですが、泣き声がうるさいと直接、苦情を言われたとかで。他の住民からも、ゴミだしのときに分別ができてないって文句を言われたとか、駐輪場の使い方が悪いと理事会に苦情を入れたり……まあ、そういう」

「清乃三枝さん、今ご在宅でしょうか」

「さあ。そこまでは私も見ていませんので」

いずみは管理人室をのぞき、きいた。

「電話をお借りできますか？」


「署長⁉　交通課の堺より、報告は受けております。おりますがですね、その、署長が勝手に管内をお忍びで歩くというような、暴《あば》れん坊将軍《ぼうしようぐん》みたいなことは、慎んでいただきたいのです」

地域課長の松平《まつだいら》は狼狽《ろうばい》し、いずみにはよく判らないことを叫んでいた。

暴れん坊将軍とは、いったい何なのだ？

「とにかく、松平課長、きいたことに答えて欲しい。ハイツアトランタの苦情だが……」

「自分はジイになった気持ちであります」

「ジイ?」

「あの、署長、暴れん坊将軍をご覧になったことは?」

「ない」

「ない? 署長のお歳《とし》で、ない?」

「課長、暴れん坊はどうでもいいんだ。ジイもよく判らないからどうでもいい。ハイツアトランタの……」

「はい、ジイはお調べしておきましたよ」

「ジイ?」

「いえ、今のは失言です。お忘れ下さい。苦情を申し立てたのは、当ハイツ二階の二〇一号室住人、渡辺美樹子《わたなべみきこ》です」

清乃の隣、管理人の話では子供がおり、清乃から文句を言われていたという家族の部屋だ。そこはつまり、三階田中春男宅の真下に当たる。

「苦情が入った時刻は?」

「十一月四日の午後十一時二十八分です」

「苦情の内容を詳しく聞きたい」

「上階からもの凄い音がすると。子供が驚いて起きてしまうから、何とかして欲しいと」

思った通りだった。

「ありがとう課長。あと少し調べ事をしたら、帰る」

「ちょっと、お待ち下さい。あと少しって、今すぐお戻り下さい。署長! 署長!!」

いずみは通話を切ると、興味津々とこちらを見ている管理人に会釈し、壁にあるカメラ付きのテンキーに向かう。正面玄関とエントランスの間には自動ロックのドアがあり、開けるには、住人に室内から操作してもらう必要がある。

二〇一を押すと、女性の声ですぐに応答があった。

「はい」

カメラにはいずみの姿が大写しになっているはずだ。その姿に困惑していることが、返事の中に表れていた。

「渡辺さんのお宅でしょうか。突然、申し訳ありません。五反田署から参りました、姉帯と申します。先日の騒音苦情の件について、お話をうかがいたいのですが」

「苦情の件って……」

途端に声がとげとげしいものに変わる。

「警察としてできることは何もないって、電話で言われましたけど」

「それは大変失礼しました。できましたら、あらためてお話をうかがいたいのですが」

「判りました」

返事と同時にドアが開く。いずみは管理人に再度、会釈すると中に入った。

エレベーターで二階に上がり、落ち着いた雰囲気の内廊下を進む。二〇一号室のインターホンを押すと、静かにドアが開いた。

顔を見せたのは、疲労をにじませた三十代の女性だった。渡辺美樹子だろう。

「いま、娘が寝付いたところなんです。ここでお話してもいいですか?」

「もちろんです。お時間は取らせません」

「それで……」

美樹子は言葉を切り、しげしげといずみの姿を見る。

「あの、あなた、刑事さんなんですか？」

「いえ、署長です」

「署長？」

「五反田署の署長です」

「署長って、一番偉い人ですよね。そんな人が、話を聞いて回ったりするんですか」

「通常はしませんが、今回は事情がありまして。それで、あなたがお聞きになった騒音というのは、どのようなものだったのでしょうか」

「ですから、上の階からもの凄い音がしたんです。何か重たいものでも落としたような」

「物音がすることは、しょっちゅうあったのでしょうか？」

「いいえ。上の方、どちらかというと、とても静かで、ほとんど部屋にはいないのではと、主人とも話していたほどです。それに、うちは娘がいて始終、ドタバタしていますから、他人様の音を気にする余裕なんてありません」

「そんなあなたでも、驚くほどの音だった」

「ええ。ですから、うるさいというより、上の方が倒れたんじゃないかと心配で」

「なるほど」

「でも、警察は私がただ騒音の苦情を言っていると取ったみたいで、そうしたことには対応できないの一点張りでした」

非難を含んだ目でいずみを睨む。

「ご事情はよく判りました。騒音といえば、お隣の方についても少しうかがいたいのですが」

美樹子は感情を顔にださぬよう努めていたが、それでも、横目でちらりと隣家の方を見た瞬間は、こちらがはっとするほどの冷たい恨みが表れていた。

「もしかして、うちにいらしたのは、お隣の苦情を受けてのことなんですか？」

いずみはきっぱりと否定する。

「そうではありません。ただ、こちらがお隣から再三の苦情を受けていると聞いたものですから」

「あの人、絶対におかしいんです」

一気に感情があふれ出たようだった。

「娘はそれほど夜泣きする方ではありませんし、どちらかと言えば、静かな子だと思います。でも、赤ちゃんなんですから、夜中に泣くことはありますよ。それを毎回、毎回、苦情を入れてきて」

「なるほど」

いずみは適度な相づちを挟みながら、彼女の喋るがままに任せた。

「このマンションだって、新築でそれなりの値段もしました。防音だってしっかりしているはずです。それなのに……」

「お隣の方が苦情を申し入れていたのは、こちらだけではないとも聞きました」

「ええ。あれはもう被害妄想ですよ。自転車の駐め方、ゴミのだし方……ああ、上の階の方も困っていたんじゃないかしら」

「上の階と言いますと？」

「三〇一号の方です。足音がうるさいって、しょっちゅう苦情を入れていたみたいです」

「しかし、お隣は二〇二号ですよね。三〇一号は真上ではありませんよ」

「だからおかしいって言うんです。お隣の真上はいま、空き部屋なんです。だから、足音が響くはずなんてないんです」

「それを斜め上の階の住人のせいだとして、苦情を言っていたのですね」

「そう聞いています。というのも、お隣の方、マンションの理事会や管理会社にまで苦情を入れたんですよ。それで、理事会でも問題になって。私も呼ばれて話を聞かれました」

その時のことを思いだしたのか、美樹子の頬にさっと赤みがさした。

「でも、どっちもまるでやる気がなくて。当事者同士で解決しろって。それじゃあ、何のための理事会、管理会社なのって」

美樹子の怒りは、話すにつれ膨れ上がっていくようだった。

「そのくせ、子供は早く寝かせるとかして静かにさせろって、こちらには言うんです。苦情を言った側の言い分だけ聞いて、こっちの要求には対応できないって、どういうことなんですかね。管理会社なんて気楽な仕事ですねって、嫌みも言いたくなりますよ。管理会社、モトスコクオリティっていうんですけど……」

「お話は十分に判りました」

止めなければ、愚痴はとめどなく続きそうだった。

「判ったんだったら、何とかして下さい」

美樹子の目には涙がたまっていた。

「誰にも相手にされなくて、私、どうすればいいのか」

部屋の奥から、赤ん坊の泣き声が響いてきた。美樹子は目尻を拭うと、一礼をしてドアを閉めてしまった。

夫も仕事で昼間はおらず、一人不安を抱えているに違いない。そんな彼女に、警察官として寄り添うことは正直、難しい。無力感を覚えるが、警察官として彼女を救う方法もある。

いずみは隣家、二〇二号室の清乃宅の前に立つ。インターホンを押す前に、いずみはコートのボタンを留めた。万が一、まったくの勘違いで清乃が在宅していた場合、この制服姿はかえって騒動を大きくする恐れがあると考えたからだ。

インターホンを鳴らす。応答はない。ドアノブをそっと回してみる。ドアは音もなく開いた。

玄関先から中をうかがうと、生ゴミの鼻をつく臭いが漂ってきた。靴脱ぎ場には使い古されたスニーカーが乱暴に脱ぎ捨てられ、透明のビニール傘が数本、放りだしてある。ビールの空き箱やパンパンに膨れたゴミ袋が廊下に並び、その上にトレーナーなどが無造作に置かれている。

いずみはドアを閉めると、エレベーターで三階に上がり、三〇一号室の田中宅のインターホンを押した。応答はない。ドアノブを回すが、こちらはしっかりと鍵がかかっている。

当然といえば当然だ。

いずみはマンションの外観などを確認するため、エレベーターではなく、非常用の外階段へと通じるドアに向かった。鉄製のドアを抜け、冷たさを増した風に吹かれながら、ゆっくり階段を下りる。

姉帯の行動を追いかけてきたが、それもここまでだろう。

彼は自身の許に集まる様々な報告事項を時系列順に整理し、推理を展開していったに違いない。身元不明死体の死亡推定時刻と管内の事故発生時刻が一致する点に着目、現地に出向き確認を行ったのだ。ただ、彼がハイツアトランタを訪ねた時点では、まだ死体の似顔絵が届いていなかった。だから彼は、二〇二号室の住人が清乃本人であると断定できないまま、報告を保留にしていたのだろう。そして、さらなる確証を摑もうと動いていたところを犯人に気づかれ、殺害された――。

犯人は三〇一号室の田中、犯行場所は三〇一号室内である可能性が高まった。

足音による騒音の原因が三〇一号室だと思いこんだ清乃は再三、苦情を申し立てた。十一月四日、彼女は直接、田中の許を訪ねたのだろう。そこで何かを見た。清乃は口封じのために殺害された——。直下の部屋に住む美樹子が聞いた音は、その際に出たものではないだろうか。

いずみは階段をゆっくりと下りながら、推理を進めた。

問題は田中の正体だ。名前は偽名に違いない。

ひとまず、清乃の身元を捜査本部に伝え、その後、三〇一号室の家宅捜索を行う。偽名であっても、室内を徹底的に洗えば……。

気配を感じ、振り返ろうとしたとき、背中を押された。バランスを崩したところに金属バットが振り下ろされる。とっさに避けられたのは、心のどこかで殺害犯を警戒していたためだろう。空を切ったバットは壁に当たり、甲高い音をだした。その衝撃が腕に伝わったのか、襲撃者は低くうめきながらバットを取り落とした。

いずみはバットを取り、形勢の逆転を図ったが、体は思うように動いてくれない。いくら優秀でも、少しは体くらい鍛えなさいよ。姉帯に悪態をつきながら、バットを両手で持つ。襲撃者はすでに階段を駆け下りていた。突然のことで人相などを確認する暇はなかったが、恐らくは男、身長一七〇センチ前後、身のこなしからみて三十代から四十代。

でも、彼はいったい何処から出てきたのだろう。内廊下に人気《ひとけ》はなく、外階段を下りる際も、それなりに注意を払っていた。マンションは五階建てなので、下りる前に上階の気配もうかがった。階段に人気はなかったはずだ。にもかかわらず、襲撃者は背後から現れた。

部屋にいたのか……？　相手は既に三〇一号室の中にいたのかもしれない。

思わず血の気が引いた。いずみと襲撃者は、ドア一枚を隔てて向き合っていたのか。

それでも、完全には納得がいかない。捜査の手が及ぶのを恐れ、殺す気で襲撃したとして、相手は警察署長だ。闇雲に襲ったり殺害したりすれば、かえって己の首を絞めることになる。

いずみは注意を払いつつも、一気に階段を下りた。今は人目のあるところに行くのが先決だ。

外階段を下りきったところには、鉄柵とドアがあり、鍵がかかっていた。しかし、乗り越えようと思えば、いくらでもできる。把手《とって》と柵の上部に何かがこすりつけられた跡がうかがえる。襲撃者が慌てて乗り越えた痕跡だろう。

鉄柵に沿って通路を進むと、住人専用の駐輪場があり、その奥に建物に入るためのドアが見えた。自動ロックになっており、鍵で開くか、テンキーで住人を呼びだすかのシステムだった。いずみは管理人呼び出し用のボタンを押した。

五

道行く人々の顔を見ると、安堵感がこみ上げてきた。一瞬、目の前が暗くなる。街路樹に手をついて、身を支えた。

九死に一生を得た恰好だが、これで姉帯の命は救われたのだろうか。

そのままの姿勢でしばらく待ってみたが、いずみの意識は姉帯の中に留まったままだった。どうやら、「使命」はまだ終わっていないらしい。

ひとまず、清乃の件を署に報告しなければならない。スマホを取りだそうとしたとき、怒声が聞こえてきた。

顔を上げると、通りを挟んだコンビニの前で、男二人が争っている。一人は若いコンビニの店員、もう一人は、あの柴田だ。

あの男、まだこんなところで……。

柴田がふいにこちらを見て、声を上げた。

「あ！　署長」

喧嘩相手の店員も、周囲の野次馬も一斉にこちらを見た。こうなっては、後回しというわけにもいかない。いずみは横断歩道を渡り、柴田たちの前に立つ。

「いいところに来てくれた、署長」

「柴田さん、その呼び方は止めていただけませんか」

「何言ってんだ、署長は署長だろ」

「それはそうですが……で、こんな往来でいったい何事です？」

「なあ、聞いてくれよ。このコンビニが店前でのイベントを強行しようとしているからさ……」

店員の若者は柴田の態度に腹を据えかねているようだ。若さもあり、猛然と食ってかかった。

「あんた、勝手なことばっか言ってんじゃねえ。イベントは別に俺らが決めたわけじゃないし、それに、場所の許可も取ってんだ。あんたなんかにとやかく言われる筋合いはねえよ」

「何だと！」

いずみは二人の間に割って入る。

「まあまあ、君も落ち着いて」

「なんだ、おっさん？」

「私は署長だ」

「いまちょっと休憩に出てるんだ。それに店長に言っても無駄だと思う。決めるのは本部だからさ」

「こういう話は、店長に直接した方がいいと思うのだが」

黙るよう柴田を睨みつけながら、いずみは店員をなだめにかかる。

「そう、署長だぞ」

いずみは柴田に向き直り、さらに詳細をきき質《ただ》そうと試みた。

「あなたはなぜ、コンビニ主催のイベントに反対なのです？」

「イベントなんてどうでもいいんだよ。俺が言いたいのは、イベントのためにどうして、歩道の花もどかさなくちゃならないのかってこと」

柴田は、左折レーンと歩道を隔てる柵の根元を指さした。柵のポールには、何かを結びつけたと思われる擦れの跡が残っていた。

「花というのは、交通事故被害者への追悼のためのものですね」

「そう。さすが署長だ、話が早い。その柵の根元のところにさ、目立たないようにコップを置いて、そこに毎週、花を手向けているの。時々、知り合いか誰かだろうね、花を供えてくれる人もいてさ」

柴田は涙ぐみ、洟《はな》をすする。

「俺には家族もない。ただ一人の親友だったんだ。おかしな話だけど、ヤツの死を悼むのが、今の俺の生きがいなんだ」

そのコップと花が今はない。

柴田はキッと店員を睨む。

「イベントの目障りだから、撤去しやがったんだ」

店員は処置なしといった風情でため息をつく。

「だから、別に撤去したわけじゃなくて、イベントが終わったら、ちゃんと元に戻すよ」

「戻せばいいってもんじゃねえんだよ」

「こいつ、言わせておけば……」

店員がまた激高する。押し止めるいずみの視野に、中年の男性がコンビニ店内から駆けだしてくるのが見えた。

「困るなぁ、こんなところで騒ぎを起こしちゃあ」

「あ、店長!」

店員がそう言って、いずみと揉み合っていた腕を引っこめる。

店長は柴田に頭を下げると、肩を落としながら言った。

「柴田さん、あれからいろいろと掛け合ってね。とりあえず、イベント当日だけ外してもらえばOKってことになったんだ。それじゃあ、ダメかな」

「当日ってことは、それまでは花を供えてもいいんだな」

「ええ。あなたが置いてた、花瓶代わりのコップ、中から持ってくる」

店長はそう言って、店に戻っていく。残された店員はやや不満げな顔をしていたが、柴田が静まったので、ふて腐れたまま後に続いた。

いずみと二人になった柴田はばつが悪そうに頭を掻く。

「大きい声だして悪かったね」

「いえ、あなたのお気持ちも判らなくはない。ですが、お店に文句を言っても仕方がないことも判るはずだ」

「頭じゃ判ってんだがねぇ。それで？　俺は逮捕かい？」

「今日で最後にしてくれるのなら、何もしませんよ」

「そうかい。とりあえず、今日は帰るよ」

店長たちと会うのが気まずいのか、柴田はくるりと背を向け、小走りに去っていった。

その背中を見送っていると、今度は店長がガラスのコップを手に戻ってきた。コップは風雨にさらされ、透明度を失い茶色くくすんでいる。

コップを置くと、店長は傍に立ついずみを怪訝そうに見上げた。

「あの……あなたは？」

「これは失礼しました」

いずみは身分証を見せる。店長の顔色が変わった。

「警察……の方？　それも署長⁉　そんな人がどうして……？」

「いえご心配なく。今回の件を咎《とが》め立《だ》てするつもりはありません。それ以上に、遺族の方へのご配慮感謝します」

店長はコップを持参したビニール紐で柵に縛り、固定する。

追悼、慰霊の目的であっても、歩道上にものを置き、柵に紐で固定するのは違法である。だが、そこまで杓子定規に物事を捉える必要はない——そういずみは思っていた。姉帯本人だったら、どうしただろうか。

店長はいずみの視線を気にしながら、会釈すると店に戻っていった。

周囲にはいつもと変わらぬ雑踏がある。その中で、花のない汚れたコップは、何とも侘しくやるせないものに見えた。花を手向けたいところだが、署長の立場としてさすがにそれはできない。心の中で手を合わせ、いずみはスマホをだした。今度こそ、清乃の件を連絡しなければ。

閃きが下りて来たのは、その瞬間だった。

いずみは道ばたのコップに目を戻す。

「もしかして、これか――？」

六

管理人の山城は、防犯モニターに目をやりながら、ペットボトルの緑茶に口をつけた。

「署長も無茶しますね」

「署員のことを考えると、こんなことを頼める人もおりませんので」

「退職した私なら、何かあってもさほどの迷惑はかからない……と？」

「いや、そんなつもりではないんですが……」

山城は苦笑して言った。

「気にせんで下さい。警察時代の知り合いで、今も付き合いがあるのは、ほんの数人です。県人会だのOBの会だのには顔をだしていません。年金を止められたりすると事だが、そうでなければ、何があろうと構いませんよ」

「恩に着ます」

「平刑事だった俺が、署長に頭を下げられるなんて、いやあ、長生きはするもんだなぁ」

いずみは、堺から貰った交差点での事故記録に目を戻す。昨年の九件、今年の七件、どれだけ見直しても、今日十一月九日に関係する事故はなかった。

「それで署長」

山城が言った。

「三〇一号室が、監視目的で借りられてるってのは、本当なんですかね」

「確証はありませんが」

「その部屋で殺しが起きたってのも、間違いない？」

「ええ。被害者は二〇二号の清乃。彼女は十一月四日、騒音の苦情を言うため、三〇一号を訪ねた。そこで、住人の田中と口論になった。田中には騒がれるとまずい事情があり、清乃を殺害、奥多摩の山中に埋めたのです」

「騒がれるとまずいって、それは人を殺してでも隠さなくちゃならんことですか？」

「田中――本名は判りませんが、彼にとっては、そのくらい大事なことだったのではないかと考えます」

「その大事なことってのは？」

「そこなんですがねぇ」

いずみは手元の報告書をまとめ、膝の上に置いた。

「まだ完全には摑めていません」

「そうですか」

いずみの気持ちを慮ってのことか、山城はそれ以上、きいてはこなかった。

「しかし、三〇一号に目をつけた取っかかりが、あの交通事故だったとはねぇ」

現役当時の血が騒ぐのか、山城の目は輝きを増している。いずみは苦笑しつつ、続けた。

「清乃の死亡時刻と事故の発生時刻が一致していたのでね。もちろん、本当に二件が関係あるなんて思ってはいませんでしたよ。あくまで、念のためと思って確認したら……」

「つまり、濱本さんは信号待ちをしているとき、三〇一号で行われていることを目撃したってわけですね」

「そう。発進直前、彼は田中が清乃さんの首を絞めているところを見た。そこで一一〇番通報するためスマホをだした。混乱状態だった濱本さんは、そこで信号が変わったと勘違いし、思わずアクセルを強く踏み急発進した。コントロールを失った車は街路樹に激突。濱本さんは不幸にして亡くなられてしまった。こう推理しました」

「署長さんは名探偵だね」

それはいずみとて同じ思いだった。姉帯は間違いなく優秀な警察官であり、署長だ。

「しかし……」

山城が穏やかな表情を急に引き締めて、こちらを見つめた。

「捜査機密に触れるようなことを、どうして私なんかにすべて話すんです?」

いずれこの問いが来ることは判っていた。にもかかわらず、いずみはどう答えたらよいのか、いまだ決めかねていた。

黙りこむいずみに代わって、山城は続けた。

「今はただの人なんでね、こんなこと言っていいか判りませんが、署長の推理通りだとすると、容疑者はこの柴田って男で決まりじゃないんですかね」

いずみは「ええ」とうなずきながらも、首を傾げる。

「ただ、彼が田中である確証は何もありません。あなたはこのマンション前で何度か柴田さんと会っているのでしょう？」

「ええ。住まいはどこだか知りませんが、この辺で時々、見かけましたよ。あの事故の被害者の友人だったとは、今日、初めて知りましたが」

「あなたは、田中とも会っている」

「喋ったことはないですよ。ただ何度か遠目にね。彼は滅多に昼間、顔を見せない。私がたまたま夜遅くまで……まあ、今日みたいにね、ここにいると、人目を避けるようにして階段を上っていく姿をね、何度か見ました」

「でもあなたは、田中と柴田さんが同一人物とは思わなかったでしょう？」

「ええ、まあ」

「それに今夜は、柴田さんの友人が亡くなった日とは何の関係もない日だ。そこがどうしても気になるんでねぇ」

「いや、私が判らないのは、むしろあなたの言い分ですよ。どうして、今夜にこだわるんです？田中が何を企んでいるにしろ、実行に移すのは今夜じゃないかもしれない。今夜何かが起こるっていう確証が、署長にはあるんですか？」

ある。いずみがここに飛ばされてきたのが、何よりの証拠だ。今夜、犯人は動くのだ。その過程で、姉帯は殺される——。

だが、それを山城に説いたところで、理解してもらえるはずもない。かえってこちらの正気を疑われ、五反田署に通報されてしまうだろう。

「良くしていただいているのに、申し訳ないのだが、その件については口にできないのです。ご理解いただきたい」

頭を下げるいずみに、山城は裏表のないあっけらかんとした笑顔で答えた。

「そんなに恐縮せんで下さい。素人でもないので、事情は判ります。ただね、ならどうして、私なんかを頼るんです？　署長自ら、それも一人で捜査の最前線に立つだなんて、私もきいたことがない。だからね、気になるんですよ。どうして、私に協力を求められるんです？」

その答えを、山城は薄々、察しているようだった。

いずみはまとめた書類を、山城のデスクに置いた。

「私に何かあったら、署員にすべて話していただきたいのです。この書類もここに置いておきます」

いずみは膝に手を置いて、頭を下げた。

「どうか、よろしくお願いいたします」

山城はふっとため息をつきながら、笑った。

「やれやれ、おかしな署長さんだ。判りました。そこまで覚悟を決めておられるなら、何も言いますまい。後のことは任せて、ぞんぶんにおやりになって下さい」

「恩にきます」

「少し体を伸ばしてきたらいかがです？　田中らしき男が来たら、すぐに知らせますから」

山城は防犯モニターを指して、笑う。

「では、お言葉に甘えて」

いずみは席を立ち、駐輪場側に通じるドアから、外に出た。実際、管理人室のスペースで身を縮めていると、足腰に響く。中高年の体というのは、何とも不便なものだ。

外階段下で大きく伸びをする。コートを管理人室に置いてきたので、やや肌寒い。

向かいのコンビニでコーヒーを買おうと思っていたのだが、さすがにこの制服で出て行くわけにもいかない。コートを取りに戻ろうとドアに向かったところで、ふと午後のことが脳裏を過る。バットでの襲撃のことだ。

「あれは……」

様々な可能性が渦を巻いた後、いずみはスマホで堺に連絡を入れた。

勤務は終わっている時間だが、彼女はすぐに電話に出た。連絡が来たらそうするよう、言いつかっていたのかもしれない。ひょっとすると、彼女の周りには、交通課長をはじめ、皆が待機している可能性もある。

「はい、堺です」

「姉帯です。至急、調べてもらいたいことがある」

「あの署長、そんなことよりもですね……」

「すまん、時間がないんだ。西五反田九丁目交差点で起きた事故の被害者について、現在の状態を調べてくれ。大至急だ。署員の手を借りてかまわない。すぐに調べて連絡をくれ。これは署長命令だ」

「判りました」

「それから堺巡査」

「はい」

「大手柄だよ」

「はい？」

七

ハイツアトランタを彩る植えこみの陰で、いずみは息を殺している。管理人室から取ってきたコートを着こんでいても、今夜の風は骨身に沁《し》みる。もしかすると、木枯らし一号かもしれない。

時計は既に午前零時を回った。

人通りもほぼなくなり、車の往来も絶えている。向かいのコンビニにも客はおらず、レジ向こうであくびをしている店長の姿が垣間見えた。

足音が聞こえ、歩道を若い男がゆっくりとやって来た。薄手のジャンパーを羽織り、手にはビニール製のエコバッグを提げている。男はいずみが潜んでいる植えこみの前を通過し、交差点の横断歩道の前で立ち止まった。信号は青だ。そのまま渡れば良いのに、なぜか男は立ち止まったまま、動かない。信号が赤になり、また青になる。それでも、男はそのままだ。

四回目の青信号で、ようやく男は交差点を渡り始めた。小走りだ。渡りながらエコバッグに手を入れる。取りだしたのは、短く切った仏花の花束だった。黄色い菊を中心に、青、白の小さな花々が周りにあしらわれている。

いずみはそっと植えこみを出ると、男の様子に目を走らせながら、交差点に近づく。

男は仏花を、歩道のたもとに置かれたコップにそっとさし入れる。

思い詰めた表情で数秒佇んだ後、しゃがみこんでそっと手を合わせた。

いずみは走って横断歩道を渡る。信号は赤だったが、気にしてはいられない。

しゃがんだまま、一心に祈る男の背後で、コンビニのドアが開いた。怒りに顔を歪めた店長が走り出てくる。その手には、包丁が握られていた。

店長は一言も発することなく、男の背後に立つと、包丁を振り上げた。男はその気配に振り返り、店長と街灯の光を浴びて輝く包丁の切っ先を見上げた。

声にならない叫びを上げ、男はペタンと歩道に尻をついた。

目と目が合った後も、店長にためらいの様子は見られなかった。振り上げた包丁を、振り下ろす。

いずみは肩から店長に突き当たる。不意を衝いたのがよかったのか、店長は包丁を取り落とし、歩道に転がった。

いずみは落ちた包丁を蹴る。包丁は路上をクルクルと回りながら滑っていく。

へたりこんでいた男はようやく我にかえったようで、「ひっ」と短く叫ぶと、そのまま後ろも見ずに走り去った。

いずみは、倒れ伏したままの店長を取り押さえる。そこに向かいから山城が駆けてきた。

「しょ、署長！」

「やあ、何とか無事に終わりましたよ」

「こりゃ、どういうことです。何でまた、コンビニの店長が⁉」

「彼の娘が、去年、この交差点でバイクと接触した」

「その事故なら、報告書にもありました。でも、女の子は軽い怪我で……」

「その後を調べたところ、女の子は半年後に亡くなった。階段からの転落死だ。その少し前から、原因不明の目眩を訴えていたらしい」

「いや、でも、その件と交通事故に因果関係はあるんですか？」

「不明です。それでも、彼にとっては……」

いずみに組み敷かれた店長はかすれた声で叫んだ。

「あの子の目眩は交通事故によるものだ。なのに、誰も俺の言うことなんか、聞いてくれない。おまけにバイクに乗っていたヤツは未成年だったとかで、大した罪にもならず、名前も公表されない」

「だから、この場所で待ち伏せたのか。加害少年が、やって来ると思って」

「新規店舗オープンで店長を募集していたから、応募し採用されたんだ。店の前は防犯カメラで常にチェックされているし、店にいる間は、常に監視していられる」

「ハイツアトランタに部屋を借りたのは、勤務時間外に監視するためだな」

「ベランダから、ここがよく見えるからだ」

「清乃さんを殺したのも、あんただな」

「あの女、足音がうるさいだとか、言いがかりをつけてきた。何度も部屋に来てさ。この間の夜、ベランダにつけたカメラを見られたんだ。のぞきだなんだって、また騒ぎだしたから、黙らせたんだ」

「階段で私を襲ったのも?」

「妙なヤツが嗅ぎ回り始めたから、片付けようと思った。何としても、捕まるわけにはいかなかったから。ヤツを見つけるまで」

店長は男が逃げ去った先に広がる闇を、涙混じりに睨んでいる。

山城が哀れみをこめた目で見下ろしながら、言った。

「しかし、いつこの男だと気づいたんです?」

「ついさっきですよ。犯人はなぜ、私を襲ったのかと思って」

「こいつがいま言ったように、邪魔だったからでしょう？」

「ですが、私は警察署長ですよ？　清乃のような一般人とは訳が違う。署長、いや警察官を殺せば、大変な事態になることは明らかだ。にもかかわらず、彼は私を襲った。なぜか」

山城はいずみの服装に目を走らせる。

「そうか、そのコートだ。マンションにいるとき、あなたはコートを着ていた」

「ええ。制服が隠れていたので、見た目には、警察関係者だと判らなかったんです。柴田さんは私が署長だと知っている。あなたもだ。真犯人は、私の正体を知らない別の誰か。それでもう一度、交差点での事故被害者を調べてもらった」

「それで、この男の家族が……」

「ええ。そして今日が娘さんの命日だということも」

男は叫び続け、既に声が嗄《か》れかけている。

「俺はあきらめない。また、何度でもやる。俺はあきらめないからな」

パトカーのサイレンが近づいてきた。

いずみの意識がふわりと浮き上がる。上空から姉帯たちの姿を見下ろしていた。

「あっ」

八

いずみはハーブティーを入れたサーモスの蓋を開けようとした。

その手を止め、いま、自分の置かれた状況を考える。

戻った。戻っている。二〇二二年十一月十日だ。

振り返って、パソコン「ポルタ」のデスクを見た。

ない。身元不明死体の資料が入った封筒がない。

つまり――。

いずみはテレビをつけた。ニュース画面には、西五反田九丁目交差点が現れた。コンビニ前の歩道には規制線が張られ、その向こうにあるハイツアトランタには捜査員が出たり入ったりしている。

いずみは部屋の電話を使い、五反田署に電話をした。少し待たされた後、応答があった。

「はい、五反田署」

その声には聞き覚えがあった。

「堺巡査？　交通課の堺巡査ですよね？」

勢いこんで言ったものの、相手はただとまどうだけだった。

「あ、あの、どちら様でしょうか」

「……あ、失礼しました。警視庁史料編纂室の者です」

「史料編纂室？」

「一点確認したいことがありまして」

「申し訳ありません。いま取り込み中でして、そうした用件は後にしていただけると助かります」

「いえ、お手間は取らせません。そちらに、姉帯署長はおられますか？」

「え？　署長ですか？　無論です」

「署長室にいらっしゃいますね」

「は、はい……」

「生きてますよね？」

「ちょっとあなた！　いい加減にしなさい。編纂室って、まさか、イタズラ電話じゃあ……」

いずみは慌てて電話を切った。

姉帯の安否が確認できれば、それでいい。

今回も、無事、使命を果たすことができたようだ。

時計はまだ午前八時半を回ったところだ。一日はまだ、始まってもいない。

「向こうでの時間が勤務時間に加算されないって、ちょっとおかしくない？」

ポルタは無言である。

「都合悪くなると、黙っちゃうんだから」

いずみは座席の脇にある段ボール箱を開け、中からファイルをだす。

「さて、今度は……」

強《ごわ》ついた封筒に、たっぷりと埃の臭いがしみこんでいた。

何か、また嫌な予感がする。

封筒の表には、墨字で「一九四九年渋谷駅前広場殺人事件」とあった。

「一九四九年？」

恐る恐る中を見てみたが、幸い、書類が劣化して判読不能になるのを見越し、昭和の時代に写しが作られていた。手書きで読みにくいが、原本に比べれば、遥かにましだ。

一九四九年、渋谷駅前にあるハチ公銅像前で、男性が刺殺される事件が起きた。白昼堂々、公衆の面前での犯行だった。犯人と思しき人物はそのまま走り去り、その後捜査が開始されたが、被害者の身元も不明。手がかりらしい手がかりも得られぬまま、迷宮入りとなった事件だった。

こんな昔から、ハチ公ってあったんだ。そんな感慨にひたりながら、いずみは書類の入力を終える。

「さて……」

シュイィィィイン。

あの音が聞こえた。目の前でポルタの画面が白くなる。

「ちょっと止めて！　さっき戻ってきたばかりでしょう？　超過勤務反対！」

シュイィィィイン。

「ねえ、止めて。いくらなんでも、一九四九年とか止めて。昔すぎるぅぅぅ」

いずみの意識は宙へと飛んでいった。

初出

一九八五　「ジャーロ」81号（二〇二二年三月）
一九九九　「ジャーロ」82号（二〇二二年五月）83号（二〇二二年七月）
一九六八　「ジャーロ」84号（二〇二二年九月）
一九七七　「ジャーロ」85号（二〇二二年一一月）
二〇二二　「ジャーロ」86号（二〇二三年一月）

※この作品はフィクションであり、実在する人物・団体・事件などには一切関係がありません。

大倉崇裕（おおくら・たかひろ）

1968年京都府生まれ。学習院大学法学部卒。'97年「三人目の幽霊」で第4回創元推理短編賞佳作を受賞。'98年「ツール&ストール」で第20回小説推理新人賞を受賞。落語や登山、特撮や怪獣、海外ドラマなど幅広い分野への造詣が深い。『福家警部補の挨拶』や「警視庁いきもの係」シリーズ等映像化作品多数。アニメ「名探偵コナン」などの脚本も担当。他の著書に「問題物件」シリーズ、「樹海警察」シリーズ、『七度狐』『琴乃木山荘の不思議事件簿』『冬華』『殲滅特区の静寂 警察庁怪獣捜査官』などがある。

一日署長《いちにちしよちよう》

2023年6月30日　初版1刷発行

著　者　大倉崇裕《おおくらたかひろ》

発行者　三宅貴久

発行所　株式会社 光文社

〒112-8011　東京都文京区音羽1-16-6

電話　編集部　03-5395-8254

書籍販売部　03-5395-8116

業務部　03-5395-8125

URL　光文社　https://www.kobunsha.com/

組　版　萩原印刷

印刷所　新藤慶昌堂

製本所　国宝社

落丁・乱丁本は業務部へご連絡くだされば、お取り替えいたします。

ISBN978-4-334-91533-9